AF196476

Tucholsky Wagner Zola Scott Sydow Freud Schlegel
Turgenev Wallace Fonatne
Twain Walther von der Vogelweide Fouqué Friedrich II. von Preußen
Weber Freiligrath Frey
Fechner Fichte Weiße Rose von Fallersleben Kant Ernst Richthofen Frommel
Hölderlin
Engels Fielding Eichendorff Tacitus Dumas
Fehrs Faber Flaubert
Maximilian I. von Habsburg Fock Eliasberg Zweig Ebner Eschenbach
Feuerbach Ewald Eliot Vergil
Goethe Elisabeth von Österreich London
Mendelssohn Balzac Shakespeare Ganghofer
Lichtenberg Rathenau Dostojewski
Trackl Stevenson Doyle Gjellerup
Mommsen Tolstoi Hambruch
Thoma Lenz Hanrieder Droste-Hülshoff
Dach Verne von Arnim Hägele Hauff Humboldt
Reuter Rousseau Hagen Hauptmann
Karrillon Garschin Gautier
Defoe Hebbel Baudelaire
Damaschke Descartes
Hegel Kussmaul Herder
Wolfram von Eschenbach Dickens Schopenhauer Rilke George
Bronner Darwin Melville Grimm Jerome Bebel
Campe Horváth Aristoteles Proust
Bismarck Vigny Barlach Voltaire Federer Herodot
Gengenbach Heine
Storm Casanova Tersteegen Gilm Grillparzer Georgy
Chamberlain Lessing Langbein
Brentano Gryphius
Strachwitz Claudius Schiller Lafontaine
Bellamy Schilling Kralik Iffland Sokrates
Katharina II. von Rußland Gerstäcker Raabe Gibbon Tschechow
Löns Hesse Hoffmann Gogol Wilde Gleim Vulpius
Luther Heym Hofmannsthal Klee Hölty Morgenstern
Roth Heyse Klopstock Goedicke
Luxemburg Puschkin Homer Kleist
La Roche Horaz Mörike
Machiavelli Kierkegaard Kraft Kraus Musil
Navarra Aurel Musset
Nestroy Marie de France Lamprecht Kind Kirchhoff Hugo Moltke
Nietzsche Nansen Laotse Ipsen Liebknecht
Marx Lassalle Gorki Ringelnatz
von Ossietzky May Klett Leibniz
vom Stein Lawrence
Petalozzi Irving
Platon Knigge
Sachs Pückler Michelangelo Kock Kafka
Poe Liebermann Korolenko
de Sade Praetorius Mistral Zetkin

Der Verlag tredition aus Hamburg veröffentlicht in der Reihe **TREDITION CLASSICS** Werke aus mehr als zwei Jahrtausenden. Diese waren zu einem Großteil vergriffen oder nur noch antiquarisch erhältlich.

Symbolfigur für **TREDITION CLASSICS** ist Johannes Gutenberg (1400 — 1468), der Erfinder des Buchdrucks mit Metalllettern und der Druckerpresse.

Mit der Buchreihe **TREDITION CLASSICS** verfolgt tredition das Ziel, tausende Klassiker der Weltliteratur verschiedener Sprachen wieder als gedruckte Bücher aufzulegen – und das weltweit!

Die Buchreihe dient zur Bewahrung der Literatur und Förderung der Kultur. Sie trägt so dazu bei, dass viele tausend Werke nicht in Vergessenheit geraten.

Die Abenteuer des Polen Sendivogius

Gustav Meyrink

Impressum

Autor: Gustav Meyrink
Umschlagkonzept: toepferschumann, Berlin

Verlag: tredition GmbH, Hamburg
ISBN: 978-3-8424-0957-6
Printed in Germany

Gustav Meyrink

Die Abenteuer des Polen Sendivogius

An einem trüben Wintermorgen des Jahres 1603 saß in Straßburg der Goldschmied Güstenhöver nahe beim Fenster seiner Ladentüre über eine feine Goldschmiedearbeit gebeugt und schrak beim schrillen Läuten der Ladenglocke auf. Ihm gegenüber stand im dunklen, pelzverbrämten Mantel ein Kunde, den er nicht kannte und der sich in flüchtiger Weise nach allerhand Ringen und Geschmeiden umsah. Es schien ihm von den vorgelegten Waren das eine mehr, das andere weniger zu gefallen; er wählte und legte beiseite und begann unter dieser Tätigkeit alsbald ein Gespräch mit dem Goldschmied über Wert, Bedeutung und magische Kraft der Steine und der Metalle. Güstenhöver, mit dergleichen Wissen nach der Art seiner Fachgenossen jener Zeit wohlvertraut, ging gern auf dieses Gespräch mit dem Fremden ein, zumal da er aus mancher Äußerung des Mannes zu erkennen glaubte, dass dieser wohl Bescheid wüsste und ihm, als einem wohlerfahrenen Gesteinskundigen, noch allerhand Neues und Geheimnisvolles anzudeuten schien. Schließlich bemerkte der Gast wie beiläufig, es liege ihm daran, auf kurze Zeit eine stille und abgelegene Werkstatt zu finden, in der ihm Gelegenheit gegeben sei, ein chemisches Präparat anzufertigen; ob Güstenhöver nicht über ein derart eingerichtetes Laboratorium verfüge und ob er nicht geneigt sei, es ihm zu überlassen. Nun lag Güstenhövers Werkstatt in der Tat in den hinteren Räumen seines Hauses recht abgeschieden, mit einem einzigen Fenster gegen einen stillen Hof, von wo aus ein Einblick in diesen Raum einiger hoher und selbst im Winter mit dichtestem Ästeansatz bekrönter Kastanienbaum wegen fast unmöglich war. Bald wurde Güstenhöver mit dem Fremden einig, dass dieser auf acht Tage die Werkstatt beziehen könne, und zwar gegen ein mäßiges Entgelt. Güstenhöver bedang sich nur, dass der Fremde ihm über einige Fragen, die ihn seit lange beschäftigten und die gewisse Metallverbindungen betrafen, aus der Fülle seines Wissens Bescheid gebe. Der Unbekannte versprach, den Goldschmied voll zu befriedigen, zahlte die bedungene Miete sofort auf den Tisch und zog noch desselben Tage mit geringem Gepäck bei Güstenhöver ein, indem er keinen anderen Raum, auch nicht zum Schlafen, beanspruchte als eben nur die Werkstatt des Goldschmiedes.

Acht Tage lang sah Güstenhöver von seinem merkwürdigen Gaste so gut wie nichts. Die bescheidenen Mahlzeiten ließ er sich von ihm durch die Türe reichen. Am neunten Tage, nach dem offenbaren Abschluss der Operationen, trat der Fremde aus seiner Abgeschiedenheit hervor und verbrachte einen vollen Tag in der Wohnung des Goldschmiedes unter eifrigen Gesprächen mit ihm. Als er von dannen schied, verehrte er dem Goldschmied einen geringen Teil der Tinktur, die er in achttägiger Arbeit in dessen Werkstatt bereitet hatte. Auch nannte er ihm seinen Namen.

Er erklärte, Alexander Setonius zu heißen und von Geburt ein Schotte zu sein. In der Tat sprach er das Deutsche mit einem erkennbaren fremden Akzent, der auf englische Herkunft deutete. Weiter aber sagte Setonius zu dem Goldschmied, dass er unter Eingeweihten einen anderen Namen zu führen pflege; und da er nach liebenswürdiger Aufnahme im Hause seines Gastfreundes diesen selbst gerne unter seine Schüler und Freunde zähle, so möge auch ihm vertraut sein, dass dieser Adeptenname, unter dem er den Wissenden sich offenbare, »Cosmopolita« sei. Er habe auf langen Reisen im Orient das gesamte magische Wissen des Ostens studiert und sei nun vor wenigen Monaten zuerst in den Niederlanden wieder auf europäischem Boden gelandet. Die Arbeit, die er in diesen Tagen durch Gunst des Goldschmieds in der Stille vollendet habe, sei keine andere gewesen als die Zubereitung der echten Goldtinktur. Güstenhöver möge sich der Probe, die er ihm hiermit schenke, nach Belieben bedienen und sich an den Ergebnissen der Operation, die er damit vollziehe, reichlich schadlos halten für geleistete Dienste.

Mit diesen Worten erhob sich der Schotte und verließ bei einbrechender Dunkelheit das Haus Güstenhövers so unvermittelt und rasch, wie er es betreten hatte.

Güstenhöver, von den wunderbaren Abenteuern dieser Woche noch so verwirrt, besah sich die kleine Phiole, die Setonius ihm hinterlassen hatte. Sie enthielt eine purpurfarbene Flüssigkeit. Dazu hielt er einen kleinen Pergamentstreifen in Händen, auf dem der recht einfache Gang der Operation aufgezeichnet stand.

Noch zögernd, noch unsicher, ob er an Treue oder Betrug seines entwichenen Hausgastes glauben solle, begab sich der Goldschmied in sein abgelegenes Laboratorium und begann den Prozess nach der Vorschrift des Pergamentes. Er beschickte geschmolzenes Silber mit einem einzigen Tropfen der Tinktur, und das Ergebnis befriedigte ihn wider Erwarten. Das Gold, das er gewann, ergab auf dem Probierstein den vollkommensten Strich. Und es war nun klar, dass das Gastgeschenk des Fremden von königlicher Größe gewesen war. Denn bei genauestem Überschlag errechnete Güstenhöver ohne Mühe, dass er mit dem Inhalt der Phiole mehr als dreißig Pfund Silber bei gleichbleibender Kraft der Tinktur in Gold müsse umwandeln können.

Allein die herrliche Gabe trug dem Goldschmied nicht die schönen Früchte, die er sich erträumte. Da er ein wohlhabender Mann war, lockte ihn weniger der Reichtum, den ihm das Geschenk des Schotten in den Schoß warf, als vielmehr der Ehrgeiz des Adepten und die schwindeligen Vorstellungen, denen er sich hingab, wenn er sich erinnerte, dass Setonius ihn des Wissens eines Eingeweihten gewürdigt hatte.

Unverständiger Stolz und törichte Freude trieben in also, die Kunde seiner Wissenschaft und Auserwähltheit in kurzer Zeit einer Reihe von Personen zu offenbaren, die in Rat und Bürgerschaft zu Straßburg von Einfluss waren. Er gab in Gegenwart solcher Personen Proben seines Könnens und sonnte sich mit Eitelkeit in dem Staunen und Neid seiner Gäste. Sein Ruf als der eines wunderbaren Adepten durchflog die Stadt. Uneingedenk der klugen Warnung eines so fürstenkundigen Mannes, wie sie der Weise Tritheim in seinen Schriften oftmals wiederholt hatte, nämlich die Höfe der Mächtigen zu meiden und die edle Kunst in schützender Einsamkeit zu bergen, empfand Güstenhöver die größte Genugtuung in der scheelsichtigen Bewunderung aller derer, die das Gerücht von seiner Kunst herbeilockte und die sich durch Gunst oder vornehmen Namen zu empfehlen wussten. Und es schien ihm die Krone der Erfüllung, als ihm durch Vermittlung eines Straßburger Ratsherrn die Berufung nach Prag in die Hofhaltung Kaiser Rudolfs zukam. Sein unbesonnener Ehrgeiz ließ ihn nicht zögern, diesem Rufe zu folgen, und mit eitlem Pomp zog Güstenhöver aus seinem Hause und aus Straßburg, um niemals wiederzukehren.

In Prag angelangt, wurde er alsbald vor Kaiser Rudolf geführt, der, damals schon unzählige Male von angeblichen Adepten der königlichen Kunst enttäuscht und betrogen, die Gewohnheit angenommen hatte, in der Erprobung der ihm empfohlenen Alchimisten den kürzesten und strengsten Weg zu gehen.

Kaiser Rudolf maß mit düstrem Blick den Goldschmied, der, nun schon unfroherer Ahnung voll, dem unerbittlichen Herrscher gegenüberstand, und befahl ihm, alsbald vor seinen Augen den Stein der Weisen zu bereiten und die Probe seines Wissens abzulegen. Vor der finsteren Entschlossenheit des allmächtigen Gebieters brach so Stolz wie Unbesonnenheit des Goldschmiedes zusammen. Aber als er in Seelenangst und Reue dem Kaiser bekannte, dass er weder fähig sei, die Tinktur noch auch den gewünschten Stein zu bereiten, dass er vielmehr nur mit dem Inhalt der kleinen Phiole, die er dem Kaiser übergab, imstande sei, eine begrenzte Menge Goldes aus Silber zu schaffen, da biss der misstrauische Kaiser die Unterlippe und erklärte dem zitternden Adepten, dass er solcher Ausflüchte und Winkelzüge schon lange müde sei. Der Inhaber der echten Tinktur werde diese wohl kaum auf dem Misthaufen gefunden haben, noch auch werde ein solcher seinen Schatz an Schwätzer und Narren verschenken. Besitze also Güstenhöver in dieser Phiole die echte Tinktur, was sich durch eine alsbaldige Probe im Laboratorium des Kaisers erweisen werde, so nehme er den Besitzer auch für den Bereiter und befehle dem Goldschmied bei höchstem kaiserlichen Zorne die Wiederholung des Prozesses der Herstellung vor seinen eigenen kaiserlichen Augen.

Rudolf selbst führte Güstenhöver in das gewaltige Gewölbe seiner alchimistischen Küchen und zwang ihn, zubereitete Tinktur zu beschicken. Es war zur Erzielung des erwünschten Erfolges fast der ganze Rest des Phioleninhaltes vonnöten. Das Gold lag im Tiegel; des Kaisers Augen glänzten vor Befriedigung und Glück, gleichzeitig aber schimmerte auch aus ihnen die unbarmherzige Entschlossenheit der Besitzgier. Dringend befragt, zu welcher Stunde Güstenhöver bereit sei, die Erneuerung der Tinktur vorzunehmen, erklärte der Unglückliche nochmals, indem er sich vor dem Kaiser niederwarf, dass er zu der befohlenen Arbeit unfähig sei. Der Kaiser, dessen Zorn und Unglaube keine Grenzen fand, wandte sich ab und ließ den Goldschmied in seiner Verzweiflung liegen.

Als Güstenhöver in jäher Flucht aus der Küche zu entweiche suchte, sah er sich von Bewaffneten ergriffen. Er wurde in ein enges Gefängnis geführt, aus dem ihn keine Macht der Erde wieder befreien sollte, als die Mitteilung an den Kaiser, dass er bereit sei, diesem das Geheimnis zu offenbaren und die Bereitung der Tinktur im kaiserlichen Laboratorium vorzunehmen. Da er hierzu in der Tat nicht imstande war, so starb Güstenhöver in seinem Verlies nach einigen elend verbrachten Jahren.

Dies traurige Schicksal eines unbelehrbaren Eitlen wandte sich nach wenigen Jahre auch gegen jenen Mann selbst, der der eigentliche Urheber von Güstenhövers Untergang gewesen war.

Cosmopolita oder der Schotte Setonius zeigte seine Kunst bald hier und bald dort, indem er es liebte, wie bei Güstenhöver in geheimnisvoller Weise aufzutauchen und zu verschwinden.

So kam er gegen das Jahr 1605 auch nach Crossen in Sachsen, wohin ihn Kurfürst Christin II. unter den liebenswürdigsten Formen der Einladung gelockt hatte, um gleichfalls eine Probe seiner berühmten Kunst zu sehen. Der Alchimist, um allen Verdacht eines Betruges von sich abzuwenden, ließ durch einen seiner angeblichen Jünger oder Gehilfen vor den Augen des entzückten Fürsten einen Bleibarren mittels der roten Tinktur in Gold verwandeln.

Doch auch in Christians Seele erwachte jene düstere Gier, von der Kaiser Rudolf sein Leben lang verzehrt ward. Er durchschaute alsbald die Absicht seines Gastes, durch das Vorschicken seines Schülers sich selbst den Rücken freizuhalten. Er ließ sich daher, entschlossener und schlauer als die meisten kleinen Tyrannen seines Schlages, auf eine scheinbar wissenschaftliche Disputation über Möglichkeit und Wesen der königlichen Kunst mit dem Adepten gar nicht erst ein, sondern er verfügte durch eilige Aussendung von reitenden Boten die sofortige militärische Sperrung aller Grenzen seines Landes. Auf diese Weise begann er kurzerhand eine Art von Kesseltreiben gegen seinen Gast, der inzwischen von Ort zu Ort zog, stets in einem Briefwechsel mit dem Fürsten, der von der einen Seite von überschwänglichen Ergebenheitsbezeigungen, von der anderen Seite von schmeichelhaftesten Versprechungen fürstlicher Gunst und Gnade überfloss.

Als Setonius bemerkte, dass keiner seiner Kreuz- und Querzüge ihn aus der Falle zu befreien vermochte, in die er törichterweise gegangen war, stellte er sich dem Kurfürsten Christian in guter Haltung und wurde daraufhin immer noch in höflichen Formen, dennoch aber mit unverkennbarer Gewalt nach Dresden geführt. Dort wurde er zunächst in leidlich gutem Gewahrsam gehalten. Als aber der Kurfürst ihn wissen ließ, dass der Preis seiner Freilassung das kostbare Geheimnis der Adeptschaft sei, und als Setonius dem Kurfürsten darauf antworten ließ, er sei nicht geneigt, der gewaltsamen Erpressung sich gefügig zu zeigen, drohte Kurfürst Christian sofort mit der Folter und ewigem Gefängnis.

Dem Schwur getreu, nach welchem jeder, der in die wundersame Bereitung des Elixiers eingeweiht ist, von dem Geheimnis nichts verlauten lassen darf, ohne Leben und Seligkeit auf das Spiel zu setzen, verweigerte der unglückliche Adept jede Auskunft. Christian seinerseits scheute vor dem Vollzug seiner Drohungen nicht zurück. Dieser Fürst, der wegen seines Edelmutes und seiner vorbildlich deutsch-adeligen Gesinnung gerühmt war, ließ an dem hilflosen Manne, der nichts verbrochen hatte, als dass er ein Wissen vor Profanierung wahrte, das ihm selbst vielleicht unter Verhängung schwerster Strafen für Verrat anvertraut war, ein Gericht vollziehen, zu dem jede Voraussetzung eines Rechtes fehlte.

In den Kasematten der Festung Königstein verhallten ungehört die Todesschreie des Adepten, der unter den Qualen der Tortur dennoch standhaft jedes Bekenntnis verweigerte. Kurfürst Christian ließ hierauf zwar die Fortsetzung der Prozedur einstellen, aber es bedurfte vieler Monate, um den nahezu Getöteten einigermaßen wiederherzustellen und seine Verstümmelungen zu heilen. Die schwere Haft blieb jedoch nach wie vor über ihn verhängt. Und Christian verfehlte nicht, durch ein raffiniertes System von Haftverschärfungen dem Adepten das Leben so unerträglich wie nur möglich zu machen, damit dieser endlich, zur Verzweiflung getrieben, bekenne.

Um diese Zeit erschien in Dresden ein polnischer Edelmann, der sich Michael Sendivogius nannte. Durch die Liebenswürdigkeit seines Betragens, die weltmännische Eleganz seines Auftretens und namentlich durch allerlei kurzweilige, erstaunliche Kunststücke, die er dem hohen Liebhaber chemischer Experimente vorzuführen wusste, erwarb er sich rasch die Gunst des Kurfürsten. Sendivogius hütete sich sorgfältig, seine Bewandertheit auf dem Gebiete der Alchimie in den geringsten Zusammenhang mit der hohen Kunst der Adepten zu bringen. Im Gegenteil, er verspottete und ironisierte dergleichen Bemühungen mit der eleganten Beredsamkeit eines aufgeklärten Geistes, und es schien ihm nur daran gelegen, dem Kurfürsten und seinem Hofe zu zeigen, auf Grund wie mannigfaltiger, noch unerforschter Gesetze und Eigentümlichkeiten der Elemente sich mancherlei Verbindungen und Trennungen unter den wahlverwandten Materien zur Darstellung verblüffender Effekte verwenden ließen. So soll Sendivogius bei dieser Gelegenheit zum Erstaunen seiner Zuschauer unter anderem ein schneeartiges, weißes Pulver erzeugt haben, bei dessen Berührung eine lebendig herbeigebrachte Forelle zu glashartem Stein erstarrte, die jedoch, langsam an erwärmter Luft wieder aufgetaut und wieder ins Wasser gelassen, neu belebt und mit munteren Bewegungen davonschwamm.

Auf solche und andere Weise gelang es Sendivogius, das Wohlgefallen des Kurfürsten zu befestigen; und es schien, als sei Christian II. selbst, dem sich aus vielen Unterhaltungen und mancherlei Scherzreden mit dem neugewonnenen Günstling der Gedanke ergab, es sei hier eine günstige Gelegenheit gegeben, die Halsstarrigkeit des gefangenen Adepten durch List zu überwinden.

Zu einem solchen Unternehmen zeigte sich Michael Sendivogius wie geschaffen; und als Kurfürst Christian ihm den Fall vortrug und Ärger und Besorgnis darüber erkenne ließ, wie es ihm am Ende doch noch gelingen möchte, das Geheimnis des Setonius zu gewinnen, zeigte Sendivogius eine ebenso spöttische wie abenteuerlustige Neugier zur Schau, diesem heroischen Adepten auf den Zahn zu fühlen und kurfürstlicher Gnaden, was an ihm liege, zum gewünschten Erfolge zu verhelfen.

Es wurde also Befehl erteilt, dem gewandten Günstling des Fürsten ungehindert bei Tag und bei Nacht Zutritt zu der jämmerlichen Zelle des Adepten zu gestatten.

Fast schien es dem Gefängniswärter, dem der Schotte anvertraut war, als ob das verglimmende Leben in dem gemarterten Manne neu angefacht werde in der häufigen Gesellschaft des jungen Edelmannes, der oft von Dresden herüberkam und offenbar mit tröstenden Worten die finsteren Schatten aufzuhellen wusste, die die hoffnungslose Seele des Gefangenen umdüsterten.

Anfangs hatte der kurfürstliche Befehl dahin gelautet, dass der persönliche Wächter des Setonius bei den Unterhaltungen mit anwesend sein solle. Sodann war an den Kommandanten der Feste Königstein geheimer Befehl gelangt, die Zusammenkünfte des Herrn von Sendivogius mit dem Gefangenen unter vier Augen vonstatten gehen zu lassen. Jedoch soll dieser in einen anderen geeigneten Raum gebracht werden von solcher Beschaffenheit, dass alles, was darinnen vorging, von drittem Orte aus geheim überwacht werden könne. Auch dieser Befehl ward ausgeführt, und der Kommandant der Feste selbst übernahm die ersten Male die Überwachung.

Es schien aber, als missfalle dem Freunde des Kurfürsten der Ort der Zusammenkünfte, und er erklärte bei Gelegenheit dem hohen Herrn, dass der an Enge und Dunkelheit gewöhnte Gefangene nicht mehr mit der gleichen Offenheit und Bereitschaft zu ihm spreche, seitdem ihm der neue Wohnraum zugewiesen sei.

Der misstrauische Kurfürst hatte sich inzwischen von dem Kommandanten der Feste berichten lassen, wie die Zusammenkünfte in dem scheinbar unbewachten Gefängnis verlaufen waren, und glaubte nun zu wissen, dass von Seiten seines Günstlings in der Tat mit Umsicht und Geschicklichkeit alles mögliche versucht worden war, um den gefangenen Setonius umzustimmen und zur Nachgiebigkeit gegen den Kurfürsten zu bewegen. Die Vorstellungen, die ihm Sendivogius zu machen wusste und die er auch diesmal mit den leichten Scherzen eines ironischen Skeptikers zu würzen verstand, bestimmten endlich den Kurfürsten zu einem entscheidenden Versuch: Sendivogius sollte es verstattet werden, den kranken Adepten zum ersten Male aus den stickigen Kasematten wieder hinaus ins Freie, und zwar in die mannigfach überwucherten und gebüschbestandenen Schlossgräben der Festung zu führen. Sendivogius versprach sich von dieser überraschenden Gnade des Kurfürsten einen wohltätigen Einfluss auf die Seele des Adepten, und er sicherte dem Kurfürsten zu, dass, wenn überhaupt hinter der hartnäckigen Verschwiegenheit des Schotten ein Wissen verborgen liege, er es ihm bei diesem Anlass zu entreißen wissen werde.

Der Kurfürst gab Befehl, nach Eintreffen des polnischen Edelmannes auf der Festung diesem die Zeit von zwei Stunden einzuräumen, in welcher Frist es jenem verstattet sein solle, ohne alle Aufsicht und Geleite mit dem Gefangenen innerhalb des innern Wallkranzes allein zu spazieren. Der Befehl enthielt ferner ausdrückliche Instruktion darüber, wie der äußere Festungsrayon durch eine volle Kompanie der Besatzung, strengstens abzusperren und unter Beobachtung zu halten sei.

Trotzdem kehrte nach Ablauf der gesetzten Frist Michael Sendivogius mit dem Gefangenen nicht mehr zum Rapport bei dem Festungskommandanten zurück. Beide Männer waren verschwunden; die stundenlange Durchsuchung des Festungsgrabens wies keinerlei Spur, und die Besatzung, die zur Bewachung der Festungsmauern befohlen war, konnte Mann für Mann beschwören, dass während der kritischen Zeit keine Maus den bewachten Umkreis überschritten habe.

Vergebens sandte der betrogene Kurfürst einen großen Teil der Dresdner Garnison nach allen Richtungen aus, um die Verfolgung der Flüchtigen aufzunehmen. Seine Reiter und seine Flüche erreichten die Entflohenen nicht mehr.

Michael Sendivogius rettete seinen Schützling nach seiner Heimat Krakau. Jedoch diese Rettung war trotz allem zu spät erfolgt. Setonius starb nach wenigen Monaten an den Folgen der erlittenen Misshandlungen und der anstrengenden Flucht, die den Rest seiner Kräfte verbraucht hatte Auch im Tode noch ließ Setonius sich durch die Bitten seines Retters nicht bewegen, diesem sein Geheimnis zu offenbaren. Nur den Schatz der die Verwandlung bewirkenden Tinktur hinterließ er sterbend seinem Befreier. Allen Nachforschungen Kurfürst Christians zum Trotz hatte er sie vor seiner Verhaftung heimlich verbergen und während der Tage der Flucht aus ihrem Versteck wieder hervorholen können.

Mit dieser ererbten Kostbarkeit reiste nun der polnische Edelmann von Krakau nach Prag, woselbst Kaiser Rudolf ihn ehrenvoll empfing und mit eigener Hand mittels einer kleinen Probe der Tinktur, die ihm der weltgewandte Liebhaber alchimistischer Kunststücke mit skeptisch spöttischem Lächeln übergab, Metallverwandlungen ins Werk setzte, die den Kaiser aufs höchste überraschten. Bei wiederholtem Befragen erklärte der edle Pole dem Kaiser seine eigene Verblüffung, dass das rote Zeug von irgendwelchem Werte sein könnte, das er scherzeshalber auf einem Jahrmarkt zu Krakau einem Marktschreier für geringes Geld abgekauft habe.

Der gewitzte und sonst so misstrauische Kaiser ließ sich von der klugen Fröhlichkeit und dem adeligen Skeptizismus des Polen täuschen. Nachdem ihm dieser angeblich den Rest seines Besitzes an diesem Marktschreierkram zum Geschenk verehrt hatte, ließ der Kaiser ihn mit Überreichung einer anständigen Gegengabe in Gnaden seines Weges weiterziehen.

Vielleicht bestimmte die wankelmütige Seele des Kaiser Rudolfs auch die Erinnerung an das Schicksal des armen Goldschmied Güstenhöver; vielleicht hatte ihn die Weisheit zunehmenden Alters gelehrt, mit Menschen weniger grausam zu verfahren, die besaßen, was der Wunsch seines Lebens blieb; am wahrscheinlichsten bleibt, dass er den weltgewandten Sendivogius in der Tat für einen nur oberflächlichen und spielerischen Liebhaber der Alchimie hielt und ihm kaum den Besitz, geschweige denn die Erfindung des Elixiers zutraute.

Vergebens aber steht in unsichtbarer Schrift die Erfahrung über den Eingang aller Fürstenhöfe gemeißelt: Besser als Herrengunst ist das Leben in der Verborgenheit. In eigenwilliger Eitelkeit, in selbstgeschaffener, ehrgeiziger Verblendung drängt sich die Menge der Ruhm- und Erfolgsüchtigen vor diesen Eingängen und deutet immer wieder falsch die Mahnung, weil sie nicht zu warnen, sondern nur zu jener dunklen Mittelmäßigkeit zurückzudeuten scheint, aus der die Ehrgeizigen zu dem falschen Lichte fürstlicher Gnade streben.

So auch hob sich vor der Stadt Stuttgart in Württemberg umsonst der eiserne Alchimistengalgen über das Land. Auch Sendivogius sah ihn nicht, als er an seinem Fuße vorüber hoch zu Ross und von zwei wohlgekleideten Dienern gefolgt in Stuttgart einzog. In seiner innersten Rocktasche wusste er die Phiole mit der köstlichen Tinktur wohlgeborgen. Der Inhalt war trotz des vorsichtigen Geschenkes an Kaiser Rudolf noch groß genug, um manche Barre Silber damit in Gold zu verwandeln und um manchen Anspruch des Ehrgeizes, des Hochmutes und des fröhlichen Lebens damit zu befriedigen. Der Erfolg seines Auftretens in Prag, das leichtsinnige Vergnügen an dem zweideutig ironischen Schimmer, den ihm die eigene scheinbare Ungläubigkeit und die weltmännische Behandlung der tragischen Geheimnisse verlieh, die für die meisten Menschen um das Wunder des Elixiers gelegt sind, verlockten ihn zu immer neuen Proben seines überraschenden und paradoxen Auftretens.

So auch erfüllte es ihn von neuem mit hoher Freude, als er den ehrenvollen Empfang gewahr ward, den ihm der Herzog von Württemberg zuteil werden ließ. Auch hier, wie in Prag, begann er damit, sein adeliges Auftreten mit den gefälligen Scherzen eines sarkastischen Zauberkünstlers und harmlosen Liebhabers natürlicher Experimente zu würzen. Es schien ihm ein fröhliches Vergnügen, den Herzog Friedrich und das Gedränge der Höflinge auf ergötzliche Weise zu unterhalten, und die alchimistische Küche im Schloss zu Stuttgart hallte wochenlang wider von dem Gelächter und Geschwätz der gepuderten Herren und Damen, denen Sendivogius ein Kunststück nach dem anderen vorführte.

Auf diese Weise gewann er hier, wie in Prag und einstmals in Dresden, alsbald die vorurteilsfreie Freundschaft des Herzogs. Nicht aber zugleich die Gunst und Freundschaft des Hofalchimisten, eines Edlen Herrn von Müllenfels, dem er Laboratorium und Sudelküche lachend auf den Kopf stellte. Der Herr von Müllenfells war ein Mann von seltenem und wenig durchsichtigem Wesen. Seine Geschichte bildet eine Episode für sich in den verworrenen Lebensläufen der goldsuchenden Adepten. Wunderbar hatte das Schicksal ihm gespielt. Er war von dunkler Herkunft. Sein Lebenslauf hatte aus der Tiefe schon mehrmals zu leidlichen Höhen empor- und wieder hinabgeführt in die Gesellschaft von Quacksalbern und Jahrmarktschreiern, die von Dorf zu Dorf und von Kirmes zu Kirmes ziehen. Aber Müllenfels war immerhin von seinem natürlichen Verstand und Witz bisher über alle Klippen hinweggeführt und immer wieder vor allzu gefährlichen Abstürzen behütet worden. So war es ihm, da er am rechten Ort sich zu bescheiden wusste, nach manchen Fahrten gelungen, endlich am Hofe zu Stuttgart ein ziemlich gefahrloses und dazu auskömmliches Brot zu gewinnen, indem er dem Herzog Friedrich nicht sowohl die Bereitung des Steines der Weisen oder der goldschaffenden Tinktur in Aussicht stellte, als auch vielmehr höchst nüchtern die Beschaffung und gewerbliche Ausnutzung von allerlei chemischen Substanzen, davon die Schatulle des Fürsten bescheidenen Nutzen zog.

Der Hofalchimist von Müllenfels war darum in den Augen des Herzogs nur ein kümmerlicher Ersatz für den Ehrgeiz von dem er wie die meisten seiner Standesgenossen jener Zeit besessen war: einen wahrhaften Adepten und Wissenden der Kunst zur Seite zu haben. Müllenfels seinerseits bewährte die vorsichtige Enge, Verschlossenheit und Nüchternheit seiner Natur durch die Art, wie er allen jenen angeblichen Berufsgenossen begegnete, die mehr als er selbst über die Geheimnisse der Alchimie zu wissen vorgaben.

So auch begegnete er dem polnischen Edelmanne, der nun mit so großem Pomp und Glanz auf dem Schloss zu Stuttgart eingekehrt war, mit äußerlich devotem Gruß und großer Süßigkeit auf den beredten Lippen, in seinem Innern aber mit ungehemmtem Neid und entschlossenem misstrauischem Hass.

Um so gefährlicher erschien ihm der unerwünschte Eintritt des eleganten Experimentators, als er nicht ohne Angst und ein gewisses Grauen an die Möglichkeit dachte, dass der erst seit kurzem durch seinen Einfluss zu bescheidenen Ansprüchen beruhigte Herzog sich zurückerinnern könnte an verflossene Versuche und Versprechungen, durch eigenes Experimentieren das Geheimnis des Steines der Weisen, dem er, Müllenfels, dicht auf den Fersen sei, enthüllen zu wollen.

Insgeheim verachtete der Edle von Müllenfels den Stein der Weisen und all dergleichen Quacksalberei aus Herzensgrund, und es schien ihm höchst unwichtig zu sein, ob er dieses angeblich ungeheure Geheimnis besitze oder nicht. Er hatte seinerzeit in Gegenwart so manches hohen Herrn lebendigen Hühnern die Füße abgeschnitten, diese zu Asche verbrannt und dabei geschickt aus seinen weiten Laborantenärmeln Goldblättlein in den Tiegel fallen lassen, die sich dann in der Asche als Goldkörner von probehaltiger Gediegenheit bewiesen. Er selbst hatte einst zu Prag im Angesicht der Kaiserlichen Majestät, des damals noch gutgläubigen Rudolf, Blei in den Tiegel geworfen, hatte dieses mit einem hohlen Stab umgerührt, in welchem übereinandergeschichtet winzige Goldblättchen verborgen waren, die nach Maßgabe des Umrührens allmählich in das schlechte Metall abrutschten, und hatte so das Blei mit goldenen Adern durchsetzt. Mit Mühe und Not war er damals dem noch tastenden gierigen Zugriff des Kaisers durch die Flucht entronnen. Dann hatte er an anderem Orte dem Herzog zu Braunschweig das listige Experiment mit dem Nagel gewiesen: ein grober Hufnagel diente dazu, in die siedende und zischende Masse beliebigen Metalls eingetaucht, sich in Gold zu verwandeln, so weit das eingetauchte Eisen sich in Gold zu verwandeln, so weit das eingetauchte Eisen sich mit der Tinktur berührte. Jener Hufnagel bestand zur unteren Hälfte aus Gold, zur oberen Hälfte aus Eisen, die beiden Metalle waren mit geringer Kunst aneinandergeschweißt und die goldene Spitze mit einem eisenfarbenen Firnis überzogen, der bei Berührung mit dem heißen Tiegelmetall wegschmolz.

Der Herzog von Braunschweig hatte den groben Betrug sofort durchschaut; und auch damals war dem Verwegenen das Glück günstig geblieben, da der Herzog laut lachend den Schwindler mit einer tüchtigen Tracht Prügel entlohnen ließ und von dannen jagte.

War nicht er, der Edle von Müllenfels, zuletzt selbst auf den neuen und eigenartigen Gedanken geraten, aus solchen betrügerischen Praktiken eine Art von unterhaltlicher und belehrender Spezialität zu machen und von nun ab zum Spaße an den Fürstenhöfen aufzutreten als Entlarver der Alchimisten, der lachend und vexierend den hohen Herrschaften alle die kleinsten Kunststücke und Methoden wies, deren sich die angeblichen Adepten bedienten? Hatte er nicht so die Gunst manches Fürsten und Herren gleichsam vom Rücken her gewonnen, indem er den so oft Geschädigten und Genasführten die Augen öffnete über die verschiednen Methoden, betrogen zu werden?

Schließlich war es Kaiser Rudolf selbst gewesen, der bei einem zweiten Besuche des Experimentators, bei welchem er dem Kaiser sein neues Programm vorführte und zum höchsten Ergötzen Rudolfs diesem die Gegengeheimnisse der königlichen Kunst, nämlich die Geheimnisse der Scharlatanerie, aufzeigte, dem bis dahin schlichten »Ignaz Müller« das unschätzbare Pergament verehrte, das ihn in einen Herrn von Müllenfels umwandelte. Kaiser Rudolf hatte bei jener Gelegenheit diesen Gnadenakt einer zweideutigen Laune mit den Worten begleitet: »Es ist besser, Wir tangieren mit Unserer Kaiserlichen Autorität einen Müller, indem Wir solcher Art ein schlechtes Metall in den Flitterglanz von unechtem Katzengold hüllen, als dass Uns ein Müller mit hochtrabenden Worten dazu verführet, inskünftig schlechtes Metall für Gold zu halten, wenn ein hohles Stäbchen es, kraft der Autorität eines Adepten, berühret hat.«

Längst hatte auf solche Weise der Edle Herr von Müllenfels die Gefahren seines dornigen Berufes hinter sich und fand nun in dem Auftauchen des neuen Konkurrenten den unerwünschtesten Anlass für den Herzog, allen solchen vergessenen Geschichten und Abenteuern womöglich wieder nachzufragen und ihn, Müllenfels, auf diese Weise mindestens zum Gegenstande des Gespöttes am herzoglichen Hofe zu machen.

Sendivogius hielt indessen den Augenblick für gekommen, den verblüffenden Erfolgen seines Auftretens bei Herzog Friedrich nun die Krone aufzusetzen, indem er in jetzt schon gewohnter Weise die Reihe seiner unterhaltenden und belustigenden Experimente plötzlich abschloss mit einer echten Probe der Goldverwandlung. Auch diesmal gedachte er die Sache so einzuleiten und zu führen, dass er selbst als ein ungläubiger Spötter gegenüber den Behauptungen von der Existenz und der Kraft des Steines von dem Eintritt des Erfolges am meisten überrascht erscheinen sollte. Er gedachte dann das effektvolle Tableau mit der geläufigen Geschichte zu beschließen, dass ihm da zufällig einige Tropfen von reiner Tinktur in die Hände gespielt worden seien, die irgendein reisender Quacksalber zu Krakau auf dem Markte ausgeboten habe.

In der Frühe des nächsten Tages kündigte daher Sendivogius dem Fürsten den Abschluss seiner Vorführungen an unter geheimnisvollen Hinweisen auf einen wahrscheinlich erstaunlichen Ablauf der Dinge. Am Abend war eine glänzende Versammlung in Müllenfels alchimistischer Küche vereinigt. Sendivogius bracht eine winzige Phiole zum Vorschein, die, gegen das Feuer gehalten, einen blutroten Schein ausstrahlte. Er bemerkte schon jetzt, dass ihm der Inhalt des kleinen Glases durch Zufall zu Händen gekommen sei und dass er leider über ein Mehreres hiervon nicht verfüge. Er habe damit sowieso schon den einen und anderen einleitenden Versuch gemacht und könne daher den Rest an diesem heutigen Abend nur auf einmal verschwenden, gleichgültig, mit welchem Erfolge er nun die illustre Versammlung erfreuen werde. Er seinerseits müsse eher auf eine Enttäuschung, als auf die Erfüllung etwaiger übertriebener Erwartungen ernstlich hinweisen. Unter solchen vexierenden Reden bereitete er alles in gewohnter Weise zur Metalltangierung. Müllenfels beobachtete scharf alle Handgriffe seines Konkurrenten und wusste genau von den üblichen Vorbereitungen der Goldmacher, um vorauszusehen, dass dieses Experiment auf den Versuch einer Transmutation abzielte. Alles verlief nach Plan des Polen. Zur äußersten Verblüffung der Versammlung und zum höchsten Erstaunen des Herzogs lag einige Minuten nach der Tangierung des Metalls mit dem Inhalt der Phiole eine goldfarbene Masse im Tiegel, die der anwesende Hofgoldschmied des Herzogs sofort untersuchte und für gediegenes Gold erklären musste.

Das gutgespielte Erstaunen des glücklichen Experimentators erschien dem scharfblickenden Herzog nicht echt. Mit geneigtem Haupte nahm er eine Zuflüsterung seines Hofalchimisten entgegen und nickte ein paar mal dazu mit abwesendem Gesichtsausdruck, Sendivogius seinerseits beobachtete diese kurze Zwiesprache mit bedenklicher Miene. Es flogen Blicke her- und hinüber; der herzog bemerkte den Schatten schlecht verstellter Sorge in dem Gesicht des Polen, der polnische Edelmann sah den falschen Glanz in den Augen des herabgebeugten Müllenfels und die nachdenklich gefaltete Stirn des Herzogs. Wohl raffte Sendivogius auf, in gewohnter Art den verblüffenden Erfolg seines Experiments vor seinen Zuhörern zu besprechen und deren Erstaunen im Erzählen einiger Anekdoten aufzulösen, die er im Zusammenhange mit dem Bericht über den Gewinn der Tinktur vorbrachte. Über der versammelten Hofgesellschaft lag eine unbestimmte, aber deutlich fühlbare Spannung. Es gelang Sendivogius nicht, ihrer Herr zu werden und jene scherzhafte Unbefangenheit wiederzugewinnen, die ihn bisher als Sieger aus der Situation immer hatte vorgehen lassen.

Kurz und mit rauer Stimme frug Herzog Friedrich den unfreiwilligen Adepten, ob der Inhalt der vorgewiesenen Phiole erschöpft sei; und als Sendivogius bejahte, ob der Besitz an dieser offenbar so köstlichen Tinktur mit der verbrauchten Menge in der Tat gänzlich erschöpft sei.

Sendivogius überbot sich in Versicherungen. Er überbot sich darin zu sehr. Selbst ein Unbefangener konnte aus den übereifrigen Worten des verwirrten polnischen Edelmannes entnehmen, dass an seinen Erklärungen irgend etwas nicht stimmen möchte.

Der Herzog hob unvermittelt die Sitzung auf und verabschiedete sich von seinen neunen Gastfreunde gemessener als sonst. Er verließ das Laboratorium, indem er den Edlen von Müllenfels an seine Seite winkte und den Schwarm der Höflinge ziemlich achtlos hinter sich ließ.

Am späten Abend desselben Tages schritt Sendivogius in den ihm zugewiesenen Gemächern des Stuttgarter Schlosses auf und ab. Gefühle des Stolzes und der befriedigten Eitelkeit über den huldreichen Empfang bei dem Fürsten und über den Erfolg, der ihm auch hier beschieden gewesen war, wechselten sich mit immer neu auftauchenden Bedenken über den Ablauf der Ereignisse des verflossenen Tages. Immer wieder sah er die süßlichen Mienen und die allzu diensteifrigen Gebärden des Hofalchimisten und dessen hin und wieder schießenden, missgünstig beobachtenden Blicke vor sich; immer wieder tauchte vor seinem inneren Auge das Gesicht des Herzogs auf, wie es sich unter den Zuflüsterungen des Alchimisten verändert und verfinstert hatte.

Die Dämmerung senkte blaue Schatten über die dichten Laubgänge des Lustgartens, in die Sendivogius abwechselnden Blickes jetzt hinabschaute. Über den Baumwipfeln hob sich soeben die schmale Sichel des neuen Mondes, und als erster blickte der Abendstern ruhig über eine Lichtung im Fliedergebüsch. Mit der zunehmenden Dunkelheit wichen mehr und mehr die freundlichen Eindrücke der rauschenden Tage, die der Abenteurer am württembergischen Hofe bisher verbracht hatte. In seiner Seele stiegen nach und nach trübe Gedanken auf, und eine nie gekannte unerklärliche

Schwermut bemächtigte sich des sonst so leichtgemuten Mannes. Plötzlich erhob sich vor seinem Geiste das Bild des bleichen, grausam verstümmelten Setonius mit jenem Ausdruck der Augen, mit dem er sterbend in seinen Armen gelegen hatte. Im gespenstigen Zwielicht der Stunde schien es ihm, als wolle sich das Bild jener Szene mit der ungeheuren Kraft einer gegenwärtigen Vision verkörpern. Es war ihm, als sehe er die abgezehrte Rechte des Setonius, an der, von der Folter ausgerissen, zwei Finger fehlten; wie damals in Krakau sah er sie warnend und drohend emporgehoben, und ihm war, als höre er deutlich und nahe in sein leibhaftiges Ohr geflüstert und nicht nur wie die innere Sprache der Erinnerung auf neue die Worte:

»Fluch und nochmals Fluch dem frevelnden und törichten Begehren der Menschen nach Gold und nach Macht. – Dreimal Fluch aber den gleisnerischen und heuchlerischen Tyrannen, die auf ihren Schlössern wie grausame Spinnen lauern, Honig auf den Lippen für den herbeigelockten Gast, Verderben und Mord im Herzen sinnend gegen den seine Freiheit Zurückbegehrenden!«

Tief unten in der lautlosen Finsternis des Garten schien sich allmählich aus den verdichteten Nebelmassen der Wiesen in immer bestimmteren Umrissen eine Gestalt zu bilden und emporzuwallen. Ein leiser Windzug hob das ziehende Gebilde nach oben. Wie Grabtücher schleppten die Nebelschwaden, aus denen eine abgezehrte Hand zu seinem Fenster emportastete. Plötzlich glaubte der von Entsetzen eiskalt angefasste Sendivogius aus unmittelbarer Nähe ein Flüstern an seinem Ohr zu vernehmen. Deutlich sprach zu ihm die geisterhafte Stimme: »Hüte dich! – Gedenke an Kurfürst Christian!«

In einem plötzlichen Windstoß wirbelte der Nebelstreif vorüber. Ein scharfer, kühler Schauer überlief das Gesicht des Polen. Seine Hände umfassten krampfhaft die Stäbe eines eisernen Gitters, in das er aus dem geöffneten Fenster griff, als er wie unwillkürlich eine abwehrende Bewegung gegen die Erscheinung machte.

Mit einem Male kam es ihm zu Bewusstsein, was er zuvor unbegreiflicherweise entweder nicht gesehen oder nicht beachtet hatte: dass diese Räume, die ihm zur Wohnung angewiesen waren, bei aller Pracht ihrer Ausstattung schwere Eisengitter vor den Fenstern trugen und darum kaum etwas anderes waren als ein Gefängnis. In seiner Seele wurde es auf einmal hell, und deutlich sah der Leichtsinnige die Fäden des verderblichen Netzes, in das er geraten war und das sich über ihn zusammenzuziehen drohte, wie es dies schon über so vielen getan hatte. In welcher Absicht konnte man ihn in diese entlegenen Gemächer des Schlosses geführt haben? Er beugte sich aus einem der fest vergitterten Fenster, soweit es die Bauchung der schönverzierten Stäbe gestattete, und bemerkte, dass diese Zimmer Bestandteile eines gewaltigen Turmes waren, der, an der äußersten Ecke des Schlosses gelegen, nur durch eine gedeckte Verbindungsbrücke mit dem Massiv des Schlosses in Verbindung stand. Und diese Verbindungsbrücke, so schloss er nun hellsichtig, war eben jener schmale Gang, innen mit prächtigen Gobelins, Ahnenbildern und zierlichen Wandtischen harmlos und freundlich verkleidet, durch den er bisher ahnungslos seinen Weg hin und her genommen hatte. Es fiel ihm nun auf, dass, wie er sich deutlich erinnerte, der Eintritt in jenem Gange von den schweren und eisenbeschlagenen Doppelflügeln zweier riesiger Türen flankiert war, die zwar während seines Aufenthaltes bisher immer weit aufgeschlagen, dem flüchtig Vorüberschreitenden immer nur ihre mit Jagdszenen reich bemalten Flächen zugekehrt hatten; von denen er aber nun mit einem Male zu wissen meinte, dass, wenn sie erst einmal auf Nut und Feder zusammengeführt sich geschlossen hatten, ein Verschluss des Ganges geschaffen war, welcher der Verschlussklappe einer Falle glich, aus der zu entrinnen der Kraft eines einzelnen unmöglich war. War er also jetzt schon ein Gefangener?

Hastig schritt er zur Tür und riss sie auf. Ein Windstoß, der das von ihm geöffnete Fenster seines Zimmers erklirren ließ, belehrte ihn darüber, dass die Türflügel des dunklen Ganges da draußen noch offen stehen müssten. Nichts regte sich. Nach kurzem Lauschen trat er zögernd auf den Gang hinaus. Er schritt an den Teppichen und Spiegeln entlang, und immer wieder tauchte rechts und link aus den Flächen des Glases schattenhaft sein eigenes, bleiches Bild. Als er fast schon das Ende des Ganges erreicht hatte, trat geräuschlos eine Gestalt aus einer verborgenen Nische, die ihn aufs äußerste erschreckte. Im nächsten Augenblick erkannte er einen der herzoglichen Lakaien, der mit respektvollster Verbeugung den Herrn nach seinen Wünschen zu fragen schien, gab ihm die Haltung zurück. Er murmelte daher nur einiges von Laune und Neugier, den Eindruck der Galerie zu so später Stunde und im Zwielicht des ersten Mondes zu genießen, und wandte sich, verwirrt in seinem Gemüte, wieder zurück.

Was war das? Wollte er fliehen? – Fliehen vor einem Bilde seiner erregten Phantasie? – Vor einem trügerischen Spuk, den die Nachtluft heraufgeführt und wieder verweht hatte? –

Gegen die unbestimmte Beklemmung und das leise Nagen der Furcht, das sein Herz erfasst hatte, kehrte jetzt der alte Leichtsinn wie auch der Ehrgeiz des spielerischen Wundertäters seine Einwendungen: Wenn er floh, büßte er nicht nur am Hofe des Herzogs Gold, Ehre und Ruhm, sondern auch fernerhin den stolzen Ruf eines wirklichen Adepten ein, der ihn so sehr kitzelte.

In sein Zimmer zurückgekehrt, durchmaß er aufs neue ruhelos die Gemächer, ohne einen festen Entschluss fassen zu können, bis der Morgen graute, das Leben im Schlosse wieder erwachte, und es auf alle Fälle zu spät war, jetzt noch unbemerkt aus dem Schlosse zu entweichen. Übernächtigt und müde warf er sich angekleidet auf sein Bett und mochte nur wenige Minuten in schwerem, unerquicklichem Halbschlaf verbracht haben, als ein lautes Pochen an der Türe ihn empor riss. Vor ihm stand ein Diener des Herzogs, der ihn zu dem Herrn beschied. Sendivogius folgte ihm mit dumpfem Kopfe und sah sich bald darauf von Herzog Friedrich in dessen Privatgemächern huldvollst empfangen. Nach liebenswürdigen Erkundigungen des Herzogs wegen des übernächtigten Aussehens seines Gastes und einigen nichtssagenden Höflichkeitsformeln verwickelte der Herzog den heimlichen Adepten – so nannte lächelnd seinen Gast und wehrte scherzend alle Einwendungen ab, die der betroffene Sendivogius dagegen erhob – in ein langwieriges und tiefsinniges Gespräch über die edle hermetische Kunst.

Herzog Friedrich erwies sich in alchimistischen Schriften und Rezepten wohlbewandert und in manchen geheimen Hinweisen unterrichteter, mit manchen problematischen Prozessen vertrauter als der unfreiwillige Adept selbst. Als daher Sendivogius auf manche Frage des Herzogs mehr aus Verlegenheit und Mangel besseren Wissens als aus Zurückhaltung und Geheimniskrämerei des Eingeweihten nur halbe und ausweichende Antworten gab, berührte der

Herzog vertraulich die Schulter seines Gastfreundes und sagte zu ihm mit einem Lächeln, auf dessen Grunde Sendivogius den entsetzlichen Bannblick der Spinne zu sehen meinte, von der die Stimme des gestrigen Abends gesprochen hatte:

»Mein lieber Freund! Vielleicht sollte ich besser sagen, verehrter Meister der königlichen Kunst! Ihr werdet nie wieder einen Schüler haben, der Euch so lebenslange anhangt wie ich. Ich strebe nach der Gunst der Erleuchtung mit hohem Ernst seit vielen Jahren, und ich möchte glauben, da Schicksal, das so treuem Fleiße und Bemühen Genugtuung schuldig ist, habe Euch dazu erlesen, mir die Erfüllung meines Strebens zu bringen. Ihr werdet mir also, Großmeister welchen Ordens ihr auch sein mögt, die Gunst der Einweihung nicht verwehren, sosehr Ihr vielleicht noch Proben meiner Würdigkeit fordern zu müssen glaubet. Ich werde diese Proben, bei meiner fürstlichen Ehre, bestehen. Ihr werdet mich erproben und würdig finden, so wie Ihr, da ich Euch erproben durfte, Euch, als einen würdigen Meister der Kunst erwiesen habt. So lasst uns also beisammenbleiben.«

Ganz vergebens, so fühlte Sendivogius es selbst, waren solcher Gesinnung des Herzogs gegenüber die erneuten halben Einwendungen und Ablehnungen. Der Herzog überhörte sie entweder oder er nahm sie hin als die unvermeidlichen Zeremonien des Adepten, der den Wissbegierigen nicht sofort und auf einmal in die Fülle der Geheimnisse einzuführen wünscht.

Nach der gemeinsamen Mittagstafel wurden für den Herzog und eine auserlesene Anzahl seiner vornehmsten Gäste, darunter auch für Sendivogius, die besten Pferde aus dem herzoglichen Marstall in herrlicher Aufzäumung vorgeführt. Die Herren stiegen auf, und hinaus ging es aus den engen Mauern der Stadt, durch Äcker, Dörfer und Wälder, bis zu den umbuschten Ufern des Neckars. Der Herzog hielt sich dauernd zur Seite des Polen, und es schien, als habe er all seine alchimistische Neugier vergessen oder zu Hause gelassen. Er zeigte sich beflissen, seinem Gaste den Reichtum der schwäbischen Landschaft zu beweisen und ihn auf eine herzliche Art darüber aufzuklären, wie behäbig und sorglos es sich in so schöner Umgebung und in der Freundschaft des Herrn all dieser Herrlichkeiten leben lasse. Sendivogius fühlte sein Herz von dem

Druck der seltsamen nächtlichen Erscheinung erleichtert. Sein angeborener Frohmut und seine unersättliche Lust an ritterlichem Glanz und Leben rissen ihn fort. Bald erwies er sich wieder als Meister der Unterhaltung und des fröhlichen Witzes in der vornehmen Gesellschaft. Sein Lachen und das der Reiter übertönte den Galopp der Pferde. Bald, vom Herzog getrennt, sprengte er mit einigen Kavalieren einer Anhöhe entgegen, deren Gipfel ihn die lieblichste Fernsicht über das anmutige Land und über Stuttgart verhieß. Durch die weite Ebene des Neckars wogte wellengleich das Grün der Wiesen bis hinab zu den Mauern der Hauptstadt. Dort brannte heiß und glimmernd die Sonne auf den spitzen Giebeldächern, und jenseits reihten sich wieder Hügel an Hügel und stiegen zu dämmernder Ferne hinüber, bis alles im leisen Duft um das blaue Gebirge am Rande des Horizontes zusammenfloss.

Mitten aus dem dunklen Grün eines Waldes, unweit des Hügels, auf dem Sendivogius jetzt sein schäumendes Pferd anhielt, ragte ein seltsamer Gegenstand wie mit schwarzen Armen in den Himmel. Es war ein Ding wie ein riesiger Wegweiser, der auf der Spitze eines kleinen Sandberges zu stehen schien, in dessen Umkreis der Wald zurückwich. Sendivogius bemühte sich vergebens, die Bedeutung dieses seltsamen Bauwerkes zu erraten, dessen dünne Linie eher auf ein Metallgerüst als auf einen aus Balken etwa gezimmerten übermäßig großen Landweiser schließen ließ. Jetzt eben leuchtete die Sonne in den hohen Seitenarmen des Mastes auf, und diese glänzten und flimmerten rötlich golden, wie Kupfer.

»Edler Herr, was schaut Ihr so nachdenklich nach dem Goldberge?«

Die Stimme, die so fragte, war plötzlich hinter ihm und ihr Klang, obwohl tief und von würdiger Festigkeit, erregte doch eine seltsame Empfindung in dem Polen, so, als ob das böse Zischen eines Reptils daraus hervorgeklungen habe. Er wandte den Kopf nach dem Sprecher und sah den Hofalchimisten von Müllenfels, wie er sein Ross dicht an das eigene herandrängte. Alsbald fuhr der Edle von Müllenfels weichgedämpfteren Tones und gleichsam entschuldigend in seiner Rede fort:

»Ihr schaut da wohl nach dem Warnungszeichen, das unter allergnädigster Herr vor acht Jahren an jener Stellt aufrichten ließ, als er zum ersten Male sich genötigt sah, sich dessen zu bedienen. – Und so wisset Ihr ja wohl, was das ist?«

Noch näher neigte er sich zu Sendivogius hinüber, legte die Lippen fast an sein Ohr und tuschelte:

»Der vergoldete Galgen ist das, liebwerter Herr Junker, an dem zuerst Georg Honauer die Luft trat, der überaus bedauernswerte Schwarzkünstler und marktschreierische Geheimkundige der *quinta essentia*. – Ein beklagenswerter Tropf! Im flittergoldenen Kleide, der verhängnisvolle Tanzplatz seiner letzten Gavotte mit dem Tod, geschmückt mit dem Abschaum des betrügerischen Metalls, von welchem er selbst die nötige Menge gefertigt hatte, hing er da drüben, ein Bild zum Erbarmen. – Möge doch jeder leichtsinnige Prahlhans sich daran ein Beispiel nehmen, dass er auf württembergischem Boden nicht ebenso vergoldet zum Himmel auffahre!«

Mit diesen Worten setzte der Edle von Müllenfels seinem Pferde die Sporen ein und jagte in kurzer Wendung von dannen, dass der dunkelgrüne und silbergestickte langflatternde Mantel, den er stets umgeschlagen trug und den er für eine Ehrengabe des Herzogs von Braunschweig ausgab, sich im Winde bauschte. Sendivogius, sosehr er die Worte des Hofalchimisten für das erkannte, was sie waren, nämlich für eine erstmalig unbeherrschte Äußerung seiner Missgunst und des hämischen Neides seines Quasikollegen, fühlte doch im Angesicht des schwarzgoldenen Eisengerüstes, dessen Bedeutung er jetzt kannte, sich in die Erinnerung an das Schreckbild der verwichenen Nacht auf einmal peinlich zurückversetzt, und die Galgenstille über dem Walde da drüben, aus welcher das Wahrzeichen mit grausamem Glanze emporstieg, bewegte ihn mit unheimlichem Schauer. Zwar war der Unterschied zwischen ihm selbst, der die kostbare Tinktur in Wirklichkeit besaß und vorzüglich verwahrt und versteckt obendrein, wie er sich bewusst war, und jenem Honauer, als einem offenbar bloßen Betrüger, trostreich genug und allzu groß, als dass ihm Befürchtungen hätten aufsteigen können, ihn selbst bedrohe ein ähnliches Geschick. Aber wie sehr er sich auch bemühte, seine aufgeregte Phantasie zu beschwichtigen, es wollte ihm nicht mehr gelingen. Unmutig wandte er seinerseits den Blick, spornte sein Ross und glaubte mit dem Galgenberge zugleich seinen Einbildungen den Rücken zu kehren. Als er aber wieder zu dem Gefolge des Herzogs stieß und diesem selbst, der schon nach ihm gefragt hatte, wieder von Angesicht zu Angesicht begegnete, hatte sich in seiner Seele das Misstrauen schon bis zu dem Grade festgesetzt, dass er mit Bestimmtheit glaubte, in den Augen des Fürsten den Spinnenblick zu erkennen, der ihm in der Vision der vergangenen Nacht zuerst erschienen war.

Spät am Abend wandte sich die Reiterschar nach Stuttgart zurück. Noch waren Stunden rauschenden Vergnügens zu überstehen, an denen Sendivogius, ganz entgegen seinen gewohnten Neigungen, keine Freude mehr empfand und deren Ende er mit mühsam bezähmter Ungeduld entgegenwartete. - Als er endlich zu später Stunde mit aufgeregten Sinnen wieder durch den stillen Gang zu seinen Gemächern schritt, befestigte sich in ihm die Gewissheit, dass er diesen Weg nicht mehr oft in die Freiheit des eigenen Entschlusses gehen werde. Er entzündete in seinem Schlafzimmer die Kerzen nicht. Er trat an das vergitterte Fenster und sah auf den Schlossgarten hinaus, dessen äußerste Baumwipfel wiederum von den blassen Streiflichtern des Mondes versilbert wurden. Die Nacht war um ein weniges heller als die vorhergegangene. Der Mond war im Zunehmen. Lange stand Sendivogius so, in heftige Gedanken und wild sich überstürzende Pläne versunken. Dann wandte er sich und legte sich, wiederum ohne die Kleidung abzulegen, auf das Bett. Er verschränkte die Arme hinter dem Kopf und starrte in den Betthimmel empor. Bald schien es ihm, als öffne sich eines der schweren Felder in der Vertäfelung dieses Betthimmels, und der Gang, der zu seinen Zimmern führte, wurde sichtbar. Er sah die Galerie in fahler Helle liegen und deutlich am entgegengesetzten Ende die schweren Türflügel mit den Jagddarstellungen geschlossen. Von dorther, so schien es ihm, drängten finstere, wildentschlossene Gesellen in sein Gemach. Im Viertellicht des Mondes sah er Dolche und Messer aufblitzen, und jener Lakai, der ihm gestern aus der Gangnische in den Weg getreten war, huschte gespenstisch aus den Gardinen hervor und forderte im Namen des Herzogs die Herausgabe des Elixiers. Dann sah er sich ergriffen, eine Falltür geöffnet, und fühlte sich hinabsinken in feuchte unterirdische Gewölbe, von deren Wänden die schrecklichsten Geräte herabbaumelten. Starke Fäuste griffen nach ihm, Stricke und Ketten wanden sich ihm um Arme und Beine, an denen er im nächsten Augenblick emporgezogen werden sollte, aber mit der letzten Kraft der Angst und der Verzweiflung riss er sich los und stieß einen gellenden Hilfeschrei in leise gebrochenem Echo von den gewölbten Decken seiner Zimmerflucht nachzuklingen. Sendivogius sprang vom Bett auf und fühlte alle seine Glieder von Fieberschauern geschüttelt und ein kalter Schweiß war auf seiner Stirn. Verwirrt schaute er um sich und lauschte lange. Dann, mit der Rückkehr der Besinnung, kehrte sein Entschluss und mit ihm die äußerste Tatkraft wieder, deren er sich fähig fühlte.

In äußerster Hast und dennoch mit Besonnenheit raffte er das Nötigste und Kostbarste von dem zusammen, was sein war. Noch einmal lauschte er lange und verharrte bei vollkommener Stille regungslos. Dann schlich er sich durch die Tür hinaus in die Galerie und versicherte sich auch dort der vollkommensten Nachtstille. Er kehrte in seine Zimmer zurück, und nach einer kurzen Prüfung, die er vom Fenster aus der näheren Umgebung des Schlosses widmete, konnte er der Tatsache gewiss sein, dass ein Schrei nicht beachtet worden war. Jetzt erst wandte er sich, ins Zimmer zurückgewandt, einer Ecke zu, kniete nieder und löste mit raschen Griffen durch Einstoß seines Messers in eine Ritze der Vertäfelung eine Füllung heraus, hinter der eine flache, dickwandige Phiole hervorfiel. Er barg sie an ledernen Riemen auf der bloßen Brust und legte dafür die kleine, geleerte Phiole, aus der er sein letzten Experiment vor dem Herzog bestritten hatte, recht auffällig auf den Nachttisch. Damit waren seine Zurüstungen beendigt. Noch einmal sah er sich um in diesen Räumen, auf denen, so schien es ihm, der Fluch zuvor hier gefangengehaltener »Gastfreunde« des Herzoghauses lastete. Er sah, ehe er wagte, die nächsten entscheidenden Schritte zu tun, durch die Flucht der offenen Zimmer, die er selbst bis zu dieser Nacht ahnungslos bewohnt hatte, einen schwankenden und dunklen Zug von Gestalten heran- und vorüberziehen, von denen der eine mit dem unsäglich glühenden Blick des langsamen Verhungerns, der andere mit emporgehobenen und verstümmelten Gliedern die Angst der Folter ihm noch einmal darstellen zu wollen schien. Und war das alles auch vielleicht nur ein Gespensterzug in der Imagination seines eigenen überreizten Gemütes, war auch vielleicht alles eine Fabel, was über die Grausamkeit des Herzogs gerüchteweise umging: keinesfalls war der Galgen eine Fabel, den er mit eigenen Augen gesehen hatte und der so drohend das Land überragte. Keine Täuschung außerdem war der unheilvolle Blick des Fürsten gewesen und keine Täuschung, das wusste Sendivogius gewiss, die warnende Stimme des toten Meisters, die ihm in der gestrigen Nacht ins Ohr gesprochen hatte! - -

Ungewöhnlich lange dauerte es heute, ehe der Herzog seinem vertrauten Diener den Befehl gab, Sendivogius aus seinen Wohnräumen zu ihm herüberzurufen. Denn seit früher Morgenstunde schon war der Hofalchimist von Müllenfels im Privatkabinett seines Herrn, mit dem er offenbar sehr wichtige Dinge zu besprechen hatte. Als endlich der Fürst ins Vorzimmer hinausrief: »Sendivogius soll kommen!« schien seine Stimme dem alten Diener nachlässig und kalt und nicht mehr von dem ungeduldigen Verlangen erfüllt, wie noch gestern.

Nach geraumer Zeit kehrte der Bote zurück mit allen Zügen des Schreckens und kaum fähig, das Gemach des Fürsten zu betreten. Er blieb scheu und vorsichtig an der Schwelle stehen, als er berichtete: »Allergnädigster Herr, der Herr von Sendivogius ist in seinen Gemächern nicht zu finden. Alle Räume, insbesondere das Bett des Gastes, befinden sich in größter Unordnung, die Vertäfelung an einer Wand des Schlafzimmers ist aufgebrochen, und das Gitter vor dem Fenster des Salons ist durchsägt.«

Da sah Herzog Friedrich mit langem Blick seinen Hofalchimisten an und sagte dann mit spöttischem Lächeln:

»Hab' ich mir's doch gedacht! So lassen wir ihn also laufen, er findet auch anderswo seinen Galgen!«

Damit winkte er, und der Diener war entlassen. Der Herzog aber schloss sich mit Müllenfels zu einer weiteren stundenlangen Unterredung in seinem Kabinett ein.

Es war hoher Sommer, die heißen Strahlen der Sonne vermochten kaum durch das dichte Blätterdach des Waldes zu dringen. Es wehte daher auf den Pfaden, die sparsam die Buchenforste der Schwäbischen Alb durchkreuzten, eine angenehme Kühle. Auf einer kleinen Lichtung, die auf einer Seite von überhängenden Kalkfelsen abgeschlossen war, brannte ein helles Feuer, von wunderlichen Gestalten umlagert, die begierig auf die saftige Keule eines erlegten

Hirsches schauten, die am eisernen Spieß briet, während hin und wieder ein wechselnder Ruf in fremder Sprache die Stille zerteilte. Aus der Ferne wurde mit gleichen Rufen geantwortet, so, als seine Posten aufgestellt, um die Lagernden vor unwillkommenen Überraschungen zu schützen.

Jetzt aber ertönte der Zuruf länger gezogen, und die kauernden Gestalten erhoben sich. Männer und Weiber in phantastisch bunter Gewandung liefen durcheinander. Auf dem Waldpfade, der in Zickzacklinien zu der Lichtung emporstieg, ließen sich eilige Tritte vernehmen, und ein bärtiger Mann erschien, der ein schweres Bündel auf der Schulter trug. Er blieb stehen und musterte schweigend die Leute, die am Feuer ihn zu erwarten schienen. Hinter ihm schaute ein kleiner dunkelbrauner Zigeunerbube blinzelnd hervor, und seine Gegenwart wie das verabredete Zeichen, das er hinter dem Rücken des Mannes den Seinigen gab, brachten Ruhe in die aufgeregte Schar zurück, die jetzt den Fremden neugierig umdrängte.

»Fürcht dich nit,« sagte der schwarzhaarige kleine Führer und suchte den Zögernden vorwärtszuschieben, »gute Leut, die dort - meine Leut.« Sodann trat das Bürschlein zu den Seinen und berichtete mit schneller und unverständlicher Rede dem Zigeunerlager, wie er den Fremden im Walde umherirrend angetroffen habe und wie derselbe wünsche, so rasch wie möglich über die Landesgrenze zu kommen. Während das Geschnatter zwischen der Zigeunerbande und dem Buben noch immer erregt hin und her ging, trat sachte eine schlank gewachsene, verhältnismäßig hübsch gekleidete und saubere Dirne aus dem Kreise und drängte sich mit der wilden und zugleich scheuen Unschuld eines frommen Tieres witternd an den Fremden heran. Das Mädchen mochte wohl siebzehn Jahre zählen und schaute aus kirschschwarzen Augen mit sanfter Neugier dem Fremden ins Gesicht. Bald aber flammten diese sanften Augen mit fremdartiger Heftigkeit auf, und sie rief in der gebrochenen Sprache der echten Zigeuner dem Burschen zu: »Schweig du! Fiametta wird jetzt sagen, was Sterne dem Mann verkünden und was der Tag ihm bringt.«

Sie neigte sich ohne Umstände über die Rechte des Mannes, die dieser ihr widerstrebend ließ, und schaute lange mit glänzenden

Blicken in die Innenfläche der Hand. Plötzlich verdüsterte sich ihr Gesicht, das jede Regung ihrer Seele offen zu spiegeln schien, und sie rief: »Wer will einen andern schimpfen und ihn Betrüger heißen, der soll ihm sagen: Du – Alchimist!«

Und als der Fremde dem Mädchen unwillkürlich und unwillig die Hand entzog, fügte sie rasch hinzu: »Hüte dich vor dem ‚Roten Löwen', dem ‚Grünen Drachen', der ‚Weißen Taube'!« Nun trat doch dem fremden Manne das Staunen in die Augen. Er richtete sich auf, und das Antlitz, das er zeigte, war das des Sendivogius. Er schaute scharfen Blickes über das Mädchen hin und schien einen Augenblick zu zögern. Dann winkte er der Dirne, mit ihm zur Seite zu treten, und alsbald gehorchte die Zigeunerin. Gedämpften Tones sprach er zu ihr: »Dirne, was weißt du von unseren Geheimnissen, und wer hat sie dich gelehrt?«

Die junge Zigeunerin antwortete ihm nicht sogleich. Auch sie sah ihm prüfend ins Gesicht, und es war, als suche sie nach dem Zeichen. Die Blicke der beiden begegneten sich und hafteten. Dann schlug die Zigeunerdirne zum ersten Mal die Augen nieder, machte dann eine weitere Gebärde, als ob sie Luft und blitzendes Sonnenlicht, Wald und Erdboden umschreiben wolle, und sagte: »Die Geister mit uns reden – wir mit ihnen, gleiche mit gleichen. Erde offen für meinen Blick. – Himmel offen für meinen Blick. – Sterne ziehen oben mit Musik. – Wind redet Zukunft. – Der purpurne König will ertrinken in seinem Bad.«

Plötzlich ergriff das Mädchen eine wilde Begeisterung. Ihre Augen flackerten auf, ihr Körper dehnte sich, und ihre Arme griffen mit großer und schöner Gebärde ins ungewisse, als sie fortfuhr: »Nimmer wird er fassen die Jungfrau im Feuer. – Die Jungfrau bleibt in Liebe dem wahren Meister. – Hüte dich – Betrug! – ich sehe Reiter. Ich sehe Waffen. Ich sehe Harnisch in der Sonne, schnell, so schnell! – Ich sehe Gras fliegen unter Hufen. – Ich sehe Reiter deuten –«

Und plötzlich endete die Dirne jäh: »Sie suchen dich! – Sie suchen Schatz – da! – Da an deinem Halse. – Schatz bringt dir Verderben!«

Sendivogius erschrak heftig. Er wandte sich mit finsterem Blick nach allen Seiten, und seine Hand zuckte nach dem Dolche in seinem Gürtel. Ihm schien, als umringten die Verfolger ihn schon hier auf dieser Lichtung, und er war entschlossen, sich auf keinen Fall den Reitern des Herzogs zu ergeben, sondern lieber zu sterben und den Schatz an seiner Brust zuvor an den Felsen da drüben zu zerschmettern. Jedoch das Mädchen legte ihre braune Hand mit sachtem Druck auf seinen Arm und mahnte dringend:

»Hier, fremder Mann, hier Speise, hier Wasser, nimm und iss mit meinen Leuten. – Dort Quelle, dort Kraft. – Dann ich – ich wird dich führen zu altem Bau, zu Turm, ist uralt – ist älter als Wald – ist alt – wie Württemberg – gibt Dach – bringt Rettung – bis eiserne Wolke vorbei.«

Und mit einer lächelnden Anmut, die von Minute zu Minute dem eleganten Polen besser gefiel als die gezierte Schönheit so vieler Damen der adeligen Gesellschaft, ging das Zigeunermädchen dem Feuer zu, um welches die Bande sich schon wieder gelagert hatte. Der Hirschbraten war inzwischen gar geworden, ein wildbärtiger Bursche hatte ihn soeben kunstgerecht zerteilt und die Stücke auf Lattichblätter gelegt; und bereitwillig und gastfrei nahm die wilde Gesellschaft den polnischen Edelmann in ihren Kreis auf und bedeutete ihm mit dringlichen Zeichen, am Mahl teilzunehmen.

Unweit der südlichen Grenze Württembergs, dort, wo der Schwarzwald seine tiefgerissenen Täler nach Osten zur Hochebene der Baar und gegen die Tafelberge der Rauen Alb auslaufen lässt, lagen in einer Schlucht verborgen Wehrturm und zerfallene Trümmer einer Burg. Von den weitläufigen Wohngebäuden selbst war nichts mehr sichtbar als die nördliche Umfassungsmauer, an der sich eine Wand von dunkelgrünem Efeu emporrankte. Den äußersten, nach Westen vorspringenden Punkt dieser Trümmer bildete eben jener feste und hohe Turm, dessen unterste Fensteröffnung die Form von Schießscharten hatte, während nach oben hin, allmählich sich vergrößernd, schmale und hohe Fensteröffnungen sichtbar waren, die bis zum höchsten Mauerkranze hinauf sich wiederholten und dazu dienten, ein notdürftiges Licht auf die im Innern in Windungen aufsteigende Treppe zu werfen. Dieser Turm besaß nur ein einziges, in sich selber schon recht verfallenes, immerhin aber im ganzen noch wohlerhaltenes Gemach, das zu einem sicheren, wenn auch nicht behaglichen Aufenthalt notdürftig dienen konnte. Es befand sich im Erdgeschoss und empfing sein Licht durch die Schießscharten, deren schräge Richtung den Sonnenstrahlen zu keiner Tageszeit den Eingang erlaubt, selbst wenn am höchsten Sommertag die Sonne fast senkrecht am Himmel stand und ihr Licht Eingang in die Schlucht fand. Es muss entweder ein sehr düsterer und von galliger Laune befallener Schlossherr gewesen sein, der sich dieses kühle und düstere Waldtal zur Erbauung seines Burgnestes auserwählt hatte, oder noch abschreckendere Beweggründe müssen es gewesen sein, die Burg und Getürme auf jenem Erdfleck hatten entstehen lassen. Auf jeden Fall konnte ein Bewohner des beschriebenen Turmgemaches sich kaum anders als wie ein Gefangener in tiefsten Verliesen fühlen. So wie der Turm stand, verfinsterten die hohen Schwarzwaldtannen die kümmerliche Helle des Tages bis aufs äußerste, und das Auge dessen, der in diese Waldschlucht oder gar in das Innere der Bergräume eintrat, bedurfte schon einige Zeit, ehe es sich an das ewige Dämmerlicht der Umgebung zu gewöhnen vermochte. In einem tiefen, spitzbogigen Mauerschnitt saß eine aus festem Eichenholz gezimmerte und außen wie innen mit starkem Eisenblech gefütterte Tür. Sie bildete den einzigen Zugang zu dieser Art Verlies, und ihre überaus starken Bohlen waren wohlgeeignet selbst einem heftigen Aufprall der Gewalt zu widerstehen.

Ein Ausdruck der Befriedigung und des stolzen Sicherheitsgefühlt überflog das wettergebräunte Antlitz des flüchtigen Sendivogius, als er an einem der längsten Tage des Jahres zu später Mittagsstunde vor diesem Zufluchtsort angekommen war und er nun den Umkreis des Gemäuers mit scharfen Blicken musterte.

»In Wahrheit, du hast mich recht wacker geleitet, Fiametta,« sagte er munter zu seiner Führerin. »Wenn ich erst völlig in Sicherheit sein werde, will ich dir lohnen, wie ich es nur immer vermag. Verbitte es dir nicht,« fuhr er mit ungewöhnlich weicher Stimme fort, als die junge Zigeunerin eine hastig abwehrende Bewegung machte, »ein hübsches, goldenes Halsband, vielleicht mit roten Korallen besetzt, müsste deinen braunen Hals und dein schwarzes Haar nicht übel kleiden, und deine Augen stünden darüber mit doppelt so hellem Glanz.«

»Nicht Gold, nicht Geschenk!« rief Fiametta drängend und besorgt. »Hineingehen – Pforte schließen – starke Riegel. Drinnen, wie Habicht, wie Edelfalke – sicher im Nest! – Und wenn Raben schreien – wenn Eulen flattern – Falke im Nest ruhig blinzelt, im Nest –«

Noch während sie sprach, raschelte es fernher zwischen den Bäumen, und ein leises Klirren von Waffen war zu hören. Fiametta brach ab und lauschte. Mit wortlosem Ungestüm drängte sie Sendivogius gegen die Pforte des Turmes, und dieser, die nahe Gefahr ahnend, eilte mit hastigen Sätzen die Geröllstufen des äu0eren Mauerringes hinan. Da, wenige Schritte vor dem rettenden Tor, glitten dunkle Gestalten zwischen den Baumstämmen hervor und warfen sich zwischen ihn und das rettende Asyl.

»Rette dich!« rief Fiametta nochmals mit gellender Stimme. Da ergriff auch sie von rückwärts eine Hand, und ihr Klageruf hallte schwächer zu Sendivogius hinüber: »Weh dir und mir und wehe ihm!«

»Freilich für diesmal ist es zu spät,« ertönte spottend die gedämpfte Stimme eines Mannes unter grüner Samtmaske hervor. Es schien der Anführer der Verfolger zu sein, der jetzt Fiametta am Handgelenk festhielt. Sendivogius, seinerseits an Hals, Schulter und Armen festgehalten, schaute zu Fiametta hinüber und sah sie in nutzlosem Ringen mit dem Bewaffneten, der vom Haupt bis zu den Füßen in einen schwarzen Mantel gehüllt war und dessen Gesicht sich vollständig hinter der grünen Maske verbarg. Inzwischen ließ dieser das Mädchen los und stieg zu Sendivogius herauf. Die Stimme klang dem Polen irgendwie bekannt und weckte in ihm unbestimmte widrige Erinnerung. Jedoch dämpfte die Maske den Ton und machte ihn fremd.

»Herr,« redete ihn der Maskierte an, »Ihr seht, wir sind in der Überzahl, ergebt Euch also dem Geschick, das Euch verhängt ist.«

Sendivogius machte einen ohnmächtigen Versuch, sich zu befreien. Es gelang ihm, den rechten Arm loszureißen und den Dolch in seinem Gürtel zu erreichen. Vielleicht wäre es ihm in diesem entscheidenden Augenblick gelungen, mit einer glücklichen Wendung, einem glücklichen Stoß sich zu befreien und entweder den Wald oder den schützenden Bau zu erreichen, hätte nicht unglücklicherweise Fiametta, die mit gespannter Aufmerksamkeit den mit Blitzesschnelle abrollenden Vorgängen folgte, in der Erwartung, dass Sendivogius sein Beginnen glücken werde, eine triumphierenden Schrei ausgestoßen. Sendivogius wurde durch diesen Schrei auf Sekundenlänge von der raschen Durchführung seiner Bewegungen abgehalten; er schaute zu Fiametta hinüber in der Meinung, dort drüben begebe sich etwas Neues, was seiner Rettung dienlich sein könnte. Dies kurze Zögern genügte, um seinen Bedrängern den Vorteil wiederzugeben. Sie stürzten sich jetzt von hinten auf den Polen, ergriffen ihn mit starken Fäusten, und während einer ihm die Waffe entrang, warfen die andern ihn trotz seines verzweifelten Widerstandes zu Boden und schnürten ihm Hände und Füße mit festen Riemen.

Fiametta, die von der ferne das Misslingen des letzten Rettungsversuches mit ansah, schrie wild auf. Sie rannte jetzt mit weiten Sätzen über die Steintrümmer herzu und riss mit ihren kleinen Händen am Mantel des verhüllten Mannes. Ihre Finger bogen sich zu Krallen, und indem sie mit aller Kraft den Arm des Vermummten zurückriss, schrie sie:

»Dies dein Schutz? Dies dein Siegel! – Grüner Drache? – Dies dein Versprechen – du Retter? Du Helfer gegen den Herzog?! – Lass los – sofort lass los, oder ich töte dich!«

Ein höhnisches Lachen war die ganze Antwort, die der Vermummte gab. Gleichzeitig schüttelte er die Hände des Mädchens von sich ab mit solcher Kraft, dass es war, als schüttle er eine Flaumfeder von sich.

»Schweig, Dirne,« rief er, »was geht dich der fremde Mann an? Marsch und fort, und gehe deines Weges und danke Gott, wenn man dich ungehindert ziehen lässt! Und zudem, wer sagt dir, dass ich sein Leben will? Die Zwiesprache, die ich jetzt mit ihm zu halten gedenke, wird kurz sein, und wenn wir einig werden, mag er schon in einer Viertelstunde laufen, wohin er will. Sollen dann die Reiter, vor denen ich euch zu schützen versprach, holen, was übrigbleibt. Sein Wams oder sein Leben, das gilt mir gleich!«

»Oh, wer will einen andern schimpfen und ihm Schelm sagen und Betrüger, der soll ihm sagen: Du – Alchimist! Oh! – Hab' falsch gelesen – Hab' andern gemeint – Hab' dich nicht gekannt,« und

Fiametta schloss, sprühend und spuckend wie eine Wildkatze: »Alchimist! - - Alchimist du!«

Das raue Lachen des Mannes mit der grünen Maske erhitzte Fiametta zur äußersten Wut. Sie reckte sich empor, wilder noch, als sie es auf dem Versammlungsplatz der Zigeuner getan hatte. Während die Vision der heransprengenden Verfolger über sie kam. Drohend hob sie die Hand gegen den Mann im schwarzen Mantel, und ihre Stimme ging über in den Singsang der Beschwörung:

»Du hast verraten – verraten mich und ihn! – Auf Verrat folgt Verräterstrafe – wie Mondviertel auf Neumond! – Mondviertel auf Neumond, hörst du! – Gib Frieden! - Gib frei – Sonst schwarze Hirschzacken über dir – rot wie die Spritzen von deinem Blut!«

Der Vermummte zuckte zusammen. Mit rascher Bewegung trat er dicht vor sie hin.

»Zigeunerbrut,« grollte er, »willst du etwa verraten? – Kennst du mich?«

»Grüne Maske! – Grüner Drache! – Kenne dich nicht – aber will dich kenne, will dich suchen – im Kristall! – Im Feuer! – Unter den Stimmen!« schrie Fiametta dagegen.

Der Mann lachte aus vollem Halse: »Deinen Zauberspuk, kleine Hexe, fürchte ich nicht. Mach deinen Hokuspokus vor Bauern und anderen Dummköpfen! Glaubst du, ich hätte mich in diesen Handel begeben, ohne den Preis zu nehmen, den er mir wert ist?! Der da trägt am Halse, was ich brauche. Er soll froh sein, wenn ich seinen Hals von der Lederschlinge befreie. Bliebe ihm diese, so trüge er vielleicht bald noch eine zweite an der Gurgel, die oben über dem Goldberg am eisernen Arm baumelt!«

Fiamettas Augen wurden groß und starr. Es schien, als lausche sie in die Ferne und als sehe sie Dinge, die in den Abendwolken vorüberzogen: »Braune Schlinge! – Goldener Mantel! – Haube aus Katzengold! – Ho! – Hoch droben im Wind – hin und her – hin und her! – Eiserner Galgen! – Schwingender Mann! – Goldener Mantel – breit weht er im Wind!«

Die Zigeunerin lachte wild und höhnisch auf nach dieser visionären Rede. Der Mann im Mantel tat einen Sprung auf das Mädchen zu, und plötzlich blitzte in seiner Hand ein Dolchmesser. Fiametta wich zurück, und der Stoß ging in die Luft.

»Berühr' mich nicht! – Triff nicht! – Alles, was du tust, geht in die Luft! – Alles, was du tust – alle Wege, die du fährst – enden – in der Luft! – In der Luft!« –

»Schweig!« schrie jetzt der Vermummte zornig. »Schweig mit deinen Flüchen, oder ich durchbohre diesen da vor deinen Augen mit eigener Hand! Höre, was ich dir sage,« fuhr der Mann nach kurzer Pause des Nachdenkens fort, »ich weiß, braunes Gesindel, dass ihr eure Schwüre haltet, wenn ihr recht schwört. Schwör mir also bei Himmel und Erde, schwöre mir bei der Asche deiner Eltern, schwöre bei dem Luftgeist, dem Feuergeist und dem höchsten Geist über den Sternen, dass kein Laut über das, was du hier gesehen hast, deine Lippen verlassen wird! Schwöre, dass du niemals einem Menschen anvertrauen willst, was du von diesem Manne weißt. Schwöre, dass du nicht fluchen willst und nicht Rache suchen und nichts unternehmen gegen mich, es sei auf der Erde oder auf dem Wasser oder bei den Geistern! Schwörst du nicht gleich, so tue ich, was mich vielleicht reuen wird. Der Mann hier am Boden stirbt in dieser Minute, wenn du nicht schwörst, es sei mir nun sein Leben nützlich oder sein Tod!«

Eine bange Pause entstand. Sendivogius, der in seinen Fesseln bewegungslos auf das Moos niedergedrückt lag und kaum den Kopf bewegen konnte, sah und hörte die Vorgänge um ihn her mit überwachen Sinnen. In blitzschnellem Bilderzuge schwebten vor seiner Seele alle Möglichkeiten der Rettung vorüber. Nichts von alledem ließ sich verwirklichen. Eine kalte Ruhe kam über ihn, und plötzlich erinnerte er sich deutlich der prophetischen Worte Fiamettas, die sie im Walde auf der Rauen Alb zu ihm gesprochen hatte: Der »Rote Löwe« hing ihm am Halse. Noch war er sein Eigentum. Aber der Verlust der kostbaren Phiole, von der nur Verrat wissen konnte, dass er sie bei sich führte, schien unvermeidbar gewiss.

Der »Grüne Drache«, das wusste er nun, stand vor ihm und hatte ihn überwältigt. Die giftige grüne Samtmaske, es mochte darunter stecken wer wollte, barg einen Todfeind, und wie Fiametta es vorausgesagt hatte, es war vergebens, sich dem Schicksal zu entziehen. Sendivogius schloss mit dem Leben ab. Er sah keinen Grund, weswegen der »Grüne Drache« nicht zubeißen sollte. Mit gleichgültiger Klarheit erwog er jetzt nur noch dies eine, was es dann wohl mit der »Weißen Taube« auf sich haben möchte. War ihm der »Rote Löwe« und der »Grüne Drache« nicht erspart geblieben, so musste ja wohl vor dem Ende seines Lebens auch die »Weiße Taube« noch erscheinen. Freilich, auch sie drohte nach dem Spruch Fiamettas Gefahr und Verderben. Sendivogius ließ den Kopf zurückfallen und dachte nichts mehr. »Wohlan,« sagte Fiametta nach zögerndem Besinnen, »ich schwöre. – Aber wehe dir – Alchimist – wenn du blutig vom Ort gehst! – Ich Funke – Ich Flamme! – Ihr alle schwarz – ihr alle Asche – wenn der Mann blutet!«

»Leeres Zigeunergeschwätz!« brummte der Verlarvte. »Dummes Geschwätz, das nicht brennt und nicht schneidet!« Aber die Drohungen der Zigeunerin hatten in der unheimlichen Umgebung und in dem feierlichen Ton, in dem sie gesprochen waren, doch sichtlich einen widerwilligen Eindruck auf den Führer des Überfalls gemacht. Er lüpfte vorsichtig die Kappe und strich sich mit einem Tuch den Schweiß von der Stirn.

Als er das Tuch wieder vom Gesicht nahm, war Fiametta verschwunden. Erstaunt schaute der Vermummte in die Runde, lauschte und steckte mit unsicherer Gebärde das Dolchmesser wieder in den Gürtel. Dann wandte er sich und trat langsam auf Sendivogius zu.

»Nun, mein edler Herr,« sagte er, indem er dicht zu den Füßen des Daliegenden trat, »nun gebt also gutwillig die Phiole heraus, um derentwillen man Euch ein so unhöfliches Geleite aufzwingen möchte. Ich will Euch dienstbar sein und sie in sichere Obhut nehmen. Vielleicht, in nicht allzuferner Zeit, wollen wir an günstigem Ort mehr darüber reden. Denn ich hoffe, dass die königliche Kunst mir, ihrem dienstwilligen Schüler, die Pforten öffnen und das Wissen schenken wird.«

Der Vermummte schwieg. Die grüne Maske grinste ausdruckslos und teuflisch zu dem Gefesselten nieder. Der Pole heftete seinen Blick auf die schwarzen Augenlöcher der Maske und suchte den Blick, der funkelnd dahinter stand, zu enträtseln. So unheimlich und hässlich das Flimmern war, das da hervordrang, sonderbar, es schien ihm nicht der Basiliskenblick der großen Spinne zu sein, der ihn im Geiste seit jener Nachtvision auf dem Stuttgarter Schloss verfolgte. Der Blick war gemeiner und höhnischer, als der aus dem Höllenabgrund gewissenloser Tyrannei. Sendivogius rührte sich nicht. Seine streng gefaltete Stirn, seine festgeschlossen Lippen und der gerade Blick seiner Augen bewiesen genugsam, dass er entschlossen war, niemals freiwillig dasjenige auszuliefern, was seit langem den Kern und Zweck seines genusssüchtigen Lebens bildete.

»Ihr schweigt? Ihr wollt nicht?« fuhr der andere fort. »Nun, ganz nach Eurem Belieben. Es tut mir leid, dass Ihr Euch nur der Gewalt zu fügen gedenkt.«

Er winkte, und wieder warfen sich die Bewaffneten über den wehrlosen Alchimisten, zogen die schmerzenden Fesseln fester und öffneten gemächlich die Kleider des Alchimisten, ihn zu durchsuchen. Jeder Widerstand war unmöglich. Sendivogius schloss die Augen, und die Blässe ohnmächtiger Wut überflog sein Gesicht. Mit raschem Griff zog einer der Banditen die Phiole hervor, die, in eine silberne Kapsel gebettet, auf der Brust des Alchimisten lag.

Mit gierigem Griff entriss der Vermummte dem Banditen die kostbare Beute. Sofort wehrte er weiterer Misshandlung des Gefesselten und sagte streng: »Es ist genug. Wir an unserm Teil sind befriedigt. Lasset ihm Geld und was er sonst bei sich trägt, bei meinem Zorn. Tragt ihn jetzt da hinein und schließt die Tür hinter ihm zu.«

Sendivogius fühlte sich emporgehoben, fortgeschleppt und auf den Boden jenes Gemaches im Turm niedergelegt, das ihm zum Schutz und Schirm hatte dienen sollen. Dann schloss sich die Tür hinter ihm, und er sah sich allen und jämmerlich gefangen.

Wie lange er so gelegen hatte, wusste er kaum. Als der verräterische Überfall stattfand, neigte sich die Sonne bereits zum Untergang. Schnell folgte kühle Dämmerung. Als er allmählich wieder zum Bewusstsein kam, schimmerte nur noch ein schwacher Lichtstrahl durch die Schießscharten herab, und Sendivogius versuchte sine steif gewordenen Glieder zu regen; allein die Riemen, mit denen er gefesselt war, hinderten ihn selbst an der geringsten Bewegung. Vollkommen hilflos lag er da, und er sah neuem, qualvollem

Verderben entgegen. Was sollte er tun? Vermochte ein lautes Rufen überhaupt durch diese meterdicken Mauern zu dringen, deren Festigkeit ihm vor kaum einer Stunde noch so erwünscht und willkommen erschienen war? Und wenn etwa zufällig des Weges Kommende ihn vernahmen, konnte nicht dadurch gerade sein Aufenthalt an seine Feinde verraten werden? Denn eines schien ihm nun deutlich genug: zwei Verfolger waren hinter ihm her, und es waren nicht die Reiter des Herzogs gewesen, die ihn hier beim rettenden Turm überrascht und geplündert hatten. Wohl aber glaubte er aus den Reden des Banditenführers richtig herausgehört zu haben, dass die herzoglichen Verfolger auf der gleichen Spur im Anzug waren. Vergebens bemühte er sich, eine Verbindung herzustellen zwischen den Erlebnissen dieser Stunde und der allein von ihm vorausgesehenen Gefahr auf württembergischem Boden. Nur eines stand mit vernichtender Gewissheit fest und überfiel ihn von Zeit zu Zeit mit Schauern ohnmächtiger Wut und tiefer Verzweiflung: dass er den Talisman nicht mehr besaß, dessen goldene Kraft die glänzenden Tore des großen Lebens und der Fürstengunst erschloss und ihm den Weg zu rauschenden Ehren und einzigartigem Ruhm bahnte, wie es seinem Geschmack zusagte. Ein Strom der bittersten Empfindungen sprengte ihm schier die Brust, und bei der Vorstellung seines vollen Missgeschicks brachen Tränen aus seinen Augen, und er weinte fassungslos zum erstenmal in seinem Leben. Es tat ihm seltsam wohl, die übermenschliche Erregung dieser Stunde in kindlichem Weinen zu lösen, und er begann allmählich ruhiger zu werden und die zerrissenen Gedanken auf einen einzigen Punkt zurückzusammeln: Wie diese Fesseln sprengen? Und wie hinaus aus diesem Gefängnis? Er richtete seine Augen forschend empor nach der Decke des Gemaches und bemerkte im tiefen Dämmer des letzten Tagesscheines eine dunklere Stelle, die sich im Viereck abhob. Sein an die Dunkelheit sich gewöhnender Blick erkannte schließlich mit Anstrengung, dass dies der Umriss einer Falltür war, die nach oben führen müsste. Dort oben also winkte vielleicht die Rettung und eine Möglichkeit zur Flucht. Dorthinauf musste er gelangen, dort führte die Falltür vermutlich zu irgendeiner Gelegenheit, ein Fenster oder die Plattform des Turmes zu erreichen. War er aber erst einmal da droben, wie sollte er hinab gelangen? Scharf fügte sich seinem Geiste Handlung zu Handlung, die zur Erreichung dieses Zieles nötig war, so dass er auf Minuten völlig

vergaß, dass er, steif wie Holz, zu einem Bündel geschnürt, am Erd-
bogen lag. Als er sich wieder darauf besann, drohte ein neuer Verzweiflungsausbruch ihn von Sinnen zu bringen. Wütend warf er
sich hin und her und wälzte sich planlos durch den ganzen Raum,
als er plötzlich einen harten Gegenstand unter sich fühlte. Wieder
wälzte er sich zur Seite und sah nun dicht vor seiner Hand ein ge-
schlossenes Messer und daran befestigt einen Fetzen beschriebenes
Papier. Wieder durchzuckte ihn Hoffnung und Ohnmacht zugleich.
Denn was konnte ihm jetzt, da er weder Hand noch Fuß zu rühren
vermochte, die Gabe nützen, die vielleicht vor kurzem, in Augenbli-
cken seiner Bewusstlosigkeit, zu ihm hereingeworfen worden war?
Wer überhaupt konnte ihn retten wollen? Fiametta? – Sie wohl allein. Aber hatte sie nicht schwören müssen, das Geheimnis seines
Aufenthaltes zu wahren?

Sendivogius fühlte die Nutzlosigkeit solcher Überlegungen. Er
spürte, dass sie nichts anderes waren als Ausgeburten seiner Über-
reiztheit und seiner zunehmende Schwäche. Er riss sich also mit
Gewalt zu klarem Denken auf und überlegte, wie er zuerst der Fesseln ledig werden möchte, was jedem anderen Versuch zur Rettung
vorausgehen musste.

Aufs neue wälzte er sich mit Mühe bis zu einem Vorsprung in der
steinernen Wand, der mit seinen scharfen Kanten geeignet schien,
wenigstens die erste Fessel zu zerschneiden, wenn man mit aller
Macht die Riemen daran zu reiben begann. Es gelang ihm, sich so
zu legen, dass die Fesseln, mit denen seine Hände verschnürt waren, die Schärfe des Steines erreichten. Nun rieb er langsam und
ingrimmig, ob auch dabei Haut und Fleisch seiner Hände an vielen
Stellen sich gleichfalls blutig aufrissen. Als die Schmerzen anfingen,
unerträglich zu werden, machte er eine äußerste, letzte Anstrengung, drehte seine zerschundenen Arme mit voller Macht im Arm-
gelenk, und ein Riemen zerriss. Jetzt wälzte er sich zu der Stelle
zurück, wo das Messer lag, es gelang ihm, es zu ergreifen, aber es
brauchte ungemessene Zeit, die er zum Teil in rasch und immer
häufiger vorüberdämmernden Ohnmachten verbrachte, bis es ihm
gelang, die Klinge des Messers von der Schale zu trennen. Endlich
schnitt er sich die Riemen auf, die seine Füße fesselten. Er erhob sich
mühsam und taumelte kraftlos gegen die Wand. Ganz matt erhellt

war noch der schmale Fensterschlitz, unter dem er zufällig zu stehen kam.

Mit dem Messer hatte er den Papierstreifen in Händen, und er begann das Gekritzel zu entziffern, das er darauf geschrieben fand. Es enthielt in ungelenken lateinischen Buchstaben nur die Worte: »Wache und lausche!«

Und Sendivogius lauschte mit angestrengten Sinnen, wenn er auch nichts anderes vernehmen konnte als das abendliche Rauschen der Bäume oder von Zeit zu Zeit den hellen Schrei des Bussards, der seine Kreise durch den Abendhimmel zog. Das Bewusstsein der Zeit begann dem Gefangenen zu schwinden. Vielleicht war der rettende Ruf schon längst erklungen, vielleicht hatte Ohnmacht oder Verzweiflungsausbruch ihn überhören lassen! Er begann kleine Steinchen vom Fußboden aufzulesen und sie durch die Öffnung des Fensterschlitzes hinauszuwerfen. Es war immerhin ein Lebenszeichen, und wenn ein Ohr nahe war, das Aufschlagen der Kiesel zu vernehmen, so mochte als ein Zeichen gelten, dass er wachte und wartete. Indessen hielt er bald wieder erschrocken ein: war es nicht unklug gehandelt, auch nur das geringste Lebenszeichen von sich zu geben? Waren nicht immer noch die Reiter Herzog Friedrichs hinter ihm her? Konnten sie nicht in jedem Augenblick den Ort seines Unglücks und seiner zweifelhaften Rettung zugleich erreichen und durch seine eigenes Gebaren zu ihrem Ziele geführt werden? In diesem Augenblick knisterte in der Tat draußen das dürre Fallgeäst der Tannen, und deutlich schritt ein Fuß an der Mauer entlang. Gleich darauf flüsterte eine Stimme von der Tür her: »Bist du wach, fremder Mann?«

»Ich bin's! Ich wache und warte! Wer bist du? Was bringst du?« rief Sendivogius leise dagegen.

»Freiheit!« sagte die Stimme in vertrautem Tone, und freudig überrascht erkannte Sendivogius an dem warm gedämpften, leicht bebenden Ton seine Zigeunerfreundin.

Fiametta fuhr fort: »Der ‚Grüne Drache' hat Gift in meine Ohren getan. Treulose Räuber – treulose Worte – treulose Ohren! – Schwur macht Schweigen. – Aber ich dich retten! – Ich dich sicher führen! – Verderben von ‚Rotem Löwen' vorüber – Verderben von ‚Grünem Drachen' vorbei – Weiße Taube noch fern. – Höre und folge!«

»Fiametta!« rief der Pole mit einem leisen Schrei des Entzückens. »Wirst du öffnen, kann ich fort?« Aber er bekämpfte mit Gewalt seine Aufregung, als Fiametta ihn mit leisem Zuruf zur Vorsicht mahnte. Er lauschte aufmerksam den leisen Worten der Zigeunerin, die sich deutlich und dennoch wie in raschem Verwehen mit dem Rauschen des Abendwindes mischten, als sie in kurzen, singenden Absätzen fortfuhr:

»Zur Falltür empor, die droben ist – stoße sie auf – steige hindurch, mach hinter dir zu – dann wende dich links – altes Geröll – Haufen von altem Geröll – dort findest du – dort steige hinab. – Eile – Eile! – Der Sonnenwagen rollt hinter die Tannen. – Der Sonnenwagen rollt ins Tal. – Nacht ist nahe. – Nacht bring Reiter! – Mond am Himmel. – Du weit von hier. – Am Felsen drunten sitze ich und warte! – Tritt zurück – tritt zurück!«

Sendivogius wich unwillkürlich zur Seite. Es rauschte draußen etwas empor. Durch die Schießscharte glitt eine Stange herab, dann noch eine, dann aneinandergebunden eine Anzahl kurzer Stäbe. Der Gefangene sammelte das seltsame Gerät, und ein Ruf der freudigen Überraschung entfuhr seinen Lippen. Die Stäbe bildeten die Glieder einer hohen, festen Leiter, und schnell fügte er die Teile zusammen. Die Falltür fand sich in der Decke des Gemachs, und wenn nur eine Handbreit an der Höhe der Leiter fehlte, so musste es unmöglich bleiben, die schwere Türe aufzustemmen, weil Sendivogius von unten her ihre ganze Last auf die Schulter nehmen musste. Sein Herz pochte stürmisch, als er mit den Augen die Entfernung maß. Jetzt erstieg er die Sprossen, so rasch es seine noch erstarrten Glieder erlaubten, doch von einem neuen Ohnmachtschwindel gepackt, sank er zurück, und ein schweißiger Schauer überrieselte seinen Leib. Wieder näherte er sich der Schießscharte und rief leise: »Fiametta!« Er lauschte. Als er keine Antwort vernahm, raffte er abermals Steinchen zusammen und schleuderte sie durch die Öffnung. Indessen, er harrte vergebens. Nichts mehr vernahm er als das einförmige Nachtrauschen der Tannen. Eine furchtbare Angst ergriff ihn. Von neuem erklomm er die Leiter und stemmte seine kraftlose Schulter gegen die Falltür, die in ihren Fugen zwar erbebte, aber nicht wich.

Sendivogius schöpfte Atem, und ein schwacher Strahl der Hoffnung stärkte seine Sinne. Dies wusste er nun: die Höhe der Leiter reichte aus; und wenn er seine Kräfte sammeln konnte und die Falltür seinen Anstrengungen endlich nachgab, war er fürs erste jedenfalls dem Gefängnis entronnen und ein neues Hindernis zwischen ihn und die Hartnäckigkeit seiner Verfolger gelegt. Als er so, mit neuer Umsicht gewappnet, sich zu kurzem Ausruhen auf die Sprossen setzte und aus halber Höhe ins Geviert des Raumes hinabschaute, sah er erst, dass auch an der inneren Seite der Eingangspforte zum Turm schwerfällige, aber feste Vorrichtungen angebracht waren, um das Tor von innen zu verriegeln und damit einem Ansturm von außen wirksamen Widerstand entgegenzusetzen. Zwei klobige Eisenriegel, oben und unten an den Eichenbolzen befestigt, mussten, vorgeschoben, das Eindringen nahezu unmöglich machen.

Dazu kam ein schwerer eichener Riegelbalken, der sich in ein eisernes Traggestell heben ließ. Schnell, wie der Gedanke in ihm entstand, glitt Sendivogius von der Leiter herab, hob den Riegelbalken ins Scharnier und versuchte die Eisenriegel vorzudrücken. Es gelang nicht gleich, sie aus ihrer Verrostung zu lösen, und er musste einen Stein zu Hilfe nehmen, um damit die Riegelohren vorzutreiben. Der Klang der Steinschläge hallte bedenklich laut durch die Nacht. Indessen gelang die Arbeit zur Zufriedenheit.

Von neuem bestieg Sendivogius die Leiter. Die geringe Anstrengung hatte seine erschöpften Kräfte aufs neue fast wieder aufgebraucht. Kaum aber hatte er die Strickleiter wieder in halber Höhe erstiegen, da hielt er lauschend inne, denn Eisengeklirr und Stimmengemurmel wurden von draußen vernehmbar.

Der Gefangene fühlte vor Schreck seine Glieder erkalten. Deshalb also hatte die kluge Fiametta seine unbesonnenen Zeichen nicht mehr beantwortet! Und hatte er mit dem derben Schlag seines Steines die Häscher nicht herbeigezogen, so doch jedenfalls auf seinen Aufenthaltsort aufmerksam gemacht. Himmel, so nahe der Rettung, und nun vielleicht doch verloren! –

Alsbald hörte er, wie von draußen ein Schlüssel in das Schloss gesteckt und kreischend umgedreht wurde. Die schwerfällige Klinke hob sich. Allein die Tür gab dem Druck nicht nach. Die Eisenriegel und der Balken hielten fest. Nun begann draußen ein Rütteln und Stoßen mit Gewalt. Alle Fugen der Türe knackten, und ein Stein- und Staubgeriesel brach von der Mauer los. Mehr wartete der Gefangene nicht ab. Die äußerste Gefahr verlieh ihm eine Kraft, deren er vor Minuten noch nicht Herr gewesen war; hurtig erklomm er die Leiter vollends, und die gewaltige Aufregung, in der er sich befand, bezwang den Widerstand der Falltür. Sie hob sich unter dem verzweifelten Druck seiner Schulter einmal, zweimal und noch einmal wieder. Endlich sprang sie bei einem letzten verzweifelten Aufwand aller Schulterkraft mit lautem Krach empor, und eine Wolke von Erde, Laub und Steingeröll rasselte über den Kopf des Alchimisten hinab in die Tiefe.

Jetzt dröhnten heftige Schläge unten gegen die Eingangstür. Sendivogius, nach diesem Erfolg ganz von kühl entschlossener Besonnenheit erfüllt, zog langsam und vorsichtig die Leiter empor, sobald er oben festen Fuß gefasst hatte. Dann senkte er die schwere Klapptür mit äußerster Kraftanstrengung wieder sachte nieder und sah sich jetzt in dem Raume um, den er gewonnen hatte.

Zu sehen war da freilich nicht mehr viel. Glücklicherweise waren hier die beiden Fensteröffnungen größer, die das schwache Mondlicht in den Raum eintreten ließen. Er gewahrte, dass eine schmale, gewundene Treppe mit gefährlich verfallenen Stufen weiter empor führte. Eine bröckelige Mauer uralten Gemäuers sperrte ihm den Zugang zu den Stufen, und als er hastig begann, das Notwendigste davon mit den Händen hinwegzuräumen, ergriffen seine Hände auf einmal ein zusammengerolltes Tau von beträchtlicher Länge.

Nur einen Augenblick lang atmete er auf und lachte leise vor sich hin. Dann ergriff er das Tau an seinem Ende und begann die Treppe zu erklimmen. Nach manchem Abrutsch und gefährlichen Stolpern gelangte er zu der Plattform hinauf, zwischen deren verwitterter Zinnenbekrönung er selbst ungesehen hinabschauen konnte. Vorerst zog er so geräuschlos wie möglich das Tau in seiner ganzen Länge zu sich empor. Dann verschaffte er sich einen deutlichen Überblick über die Lage da drunten. Sein Schreck und sein Erstaunen waren groß, als er dort vor der eisenbeschlagenen Tür auf falbem Ross denselben tiefverhüllten Mann erblickte, der ihn so schmählich beraubt hatte. Mit lautem Zuruf ermunterte dieser die

Männer, deren Kraft sich vergebens gegen die Riegel abmühte, die den Zugang zu dem Innern des Turmes versperrten. An der veränderten Stimme des Befehlshabers konnte er erkennen, dass dieser die Maske vor dem Gesicht nicht mehr trug. Auch sah er den bleichen Schimmer seines Gesichtes. Jedoch war die Dunkelheit zu weit vorgeschritten, als dass es noch möglich gewesen wäre, den Mann zu erkennen. Jetzt aber fasste ein Windstoß den Mantel des Reiters, der sich aufbauschte und einen Augenblick wie ein dunkler Flügel über dem Rücken des Pferdes erschien. Ein blasser Mondstrahl beleuchtete kurz das Tuch. Es war nicht mehr schwarz, wie zuvor, sondern von dunkelgrüner Farbe und am Rande mit silbernen Stickereien verziert; das Geschenk des Herzogs von Braunschweig. Das war also kein anderer als der württembergische Hofalchimist, der Edle von Müllenfels, wie Sendivogius ihn gesehen hatte, als dieser ihm das unheilvolle Denkzeichen auf dem Goldberge wies. Der Verräter musste somit wohl zu den herzoglichen Reitern gestoßen und mit diesen umgekehrt sein!

Ein halb unterdrückter Ruf des Zornes entschlüpfte den Lippen des Lauschers, und er fluchte hinunter: »Erbärmlicher Hund! Könnte ich dich mit diesem Mauerstein zermalmen. Aber deine Stunde wird kommen, du räuberischer Wicht, dann rechnen wir ab!«

Nun näherte sich Sendivogius der entgegengesetzten Seite der Plattform und blickte spähend hinab. Wo der Turm sich mit der Mauer verband, zeigte sich die günstigste Gelegenheit zur Flucht, weil die vorspringende Ecke der Ruine ihn vor den Augen derjenigen schützen musste, die sich am Eingang noch immer vergeblich abmühten. Hinter der Mauer wucherte dichtes hohes Farnkraut, bergauf, bis zu der Anhöhe empor, wo der Wald sicheren Schutz gegen weitere Verfolgung bot.

Nur einen Moment lang hatte Sendivogius sich aufgerichtet und wollte eben hinter der Zinne des Turmes seine vorige Stellung wieder einnehmen, da teilten sich drüben die dichten Gebüsche, und aus ihrer Mitte schimmerte ein weißliches Gewand und das rote Kopftuch Fiamettas hervor. Sendivogius strengte sich an, mehr zu sehen und die Absicht Fiamettas zu erraten; allein die Erscheinung war verschwunden, und nur die grünen Wipfel des Gesträuches schwankten hin und her, wie vom Winde bewegt. Jetzt befestigte er das Seil an dem Turmkranz und glitt unhörbar daran hinab. Selbst wenn die Stürmenden am Eingang ihre Arbeit weniger geräuschvoll verrichtet hätten, wäre ihnen wohl kaum das leise Aufklatschen des Taues an die Mauer zu Ohren gedrungen.

Nun sank der Fliehende in die weiche Fülle der hohen Kräuter, die den Boden bedeckten, nun glitt er auf Händen und Füßen vorwärts, jener Stelle zu, wo Fiamettas Gewand ihm sichtbar geworden war. Er nahm sich nicht die Zeit, auch nur einmal das Haupt zurückzuwenden und nach etwaigen Verfolgern auszuschauen. Denn die fortdauernden Stöße gegen die eisenbeschlagene Türe da drüben waren ihm die sichersten Zeichen, dass seine Flucht bisher völlig unbemerkt vonstatten gegangen war. Das herabhängende Seil hatte er zudem mit aller Vorsicht an einer Baumwurzel festgeknotet, um zu verhüten, dass es, vom Abendwinde bewegt, durch sein Rascheln die Richtung der Flucht verrate.

Bald umfing ihn das niedrige Unterholz; wenige Augenblicke später durfte er es wagen, sich aufzurichten, und die nächsten Schritte schon führten ihn auf den schwach erleuchteten Pfad, der die beginnende Schlucht entlang abwärts führte. In raschen Sprüngen folgte er seinen Windungen, und schon nach wenigen Minuten prallte er fast unsanft gegen die vorspringende Felsplatte, auf der eine dunkle Gestalt sich erhob. Leichtfüßig sprang Fiametta von dem Stein und grüßte ihn leuchtenden Auges und mit unverständlichen Worten. In ihrer freudigen Erregung bediente sie sich der Zigeunersprache, ehe sie sich besann; dann aber fiel sie in heftiger Erregung vor ihm nieder, neigte ihr dunkles Haupt bis zu seinen Füßen und flüsterte: »Verzeihen! Kann der gute Herr verzeihen!«

Eine sonderbare Regung flammte von ihren Füßen her zum Herzen des leicht entzündbaren Polen empor. Noch schwebte Verhängnis und Verderben über ihm; er achtete dessen jetzt nur wenig. Mit freundlichem Griff zog er das Mädchen empor und streifte ihre Stirn mit einem heißen Kuss. Fiametta drängte sich weit zur Seite. Die Sanftmut ihrer Augen vereinigte sich mit der ihrer Stimme zu dringender Mahnung: »Fort von hier, edler Mann! – Keine Sicherheit! – Keine Ruhe - solange der Marder schleicht! – Drunten das Tal! – Draußen der Strom. – Drüben über dem Strom Sicherheit. – Drüben über dem Strom Freiheit!« –

Sie schritten Hand in Hand weiter. Fiametta weinte zugleich und schaute, unter Tränen lachend, zu ihm empor. Immer noch dröhnten die furchtlosen Schläge durch die Waldstille herab. »Der Fuchs kläfft. – Die Höhle ist leer,« kicherte sie. »Siehst du dort oben den schwarzen Rabenflug? – Raben wittern Beute. – Raben lieben Verräterfleisch. – Raben lügen nicht. – Lügner rufen die Raben. – Nicht mehr Zeit als Neumond zu Mondviertel. – Raben sind satt!«

Wilde Freude, sanftes Anschmiegen und immer neue Ausbrüche der Selbstbeschuldigung wechselten stürmisch in dem Betragen der Zigeunerin, als sie tiefer und tiefer an der Hand des Flüchtigen zu Tal stieg.

Es war ein recht mühevolles Wandern in der Nacht durch den dichten Wald, der fast jeden Ausblick zu dem helleren Himmel, geschweige denn eine Fernsicht unmöglich machte. Die beiden Wanderer sprachen wenig. Anfänglich hielt sie die Besorgnis zurück, durch unnötige Geräusche etwaige Verfolger aufmerksam zu machen. Denn es war klar, dass der Weg ihrer Flucht nach Westen führen musste, und die Verfolger mussten diese Spur wieder aufnehmen, sobald sie das Nest da droben erbrochen hatten und es leer fanden. Jedoch mit der steigenden Sicherheit wuchsen auch wieder die bitteren und schmerzlichen Empfindungen im Herzen des Polen, wenn er des Verlustes seiner kostbaren und wohl niemals mehr zu ersetzenden Habe gedachte. Diese nagenden Gefühle übertäubten sogar die tiefe Erschöpfung seiner Glieder, den Hunger und den Durst, und er erwog schon wieder, wie er dem Räuber die kostbare Beute abzuringen vermöchte, als die Zigeunerin plötzlich stillstand und aufmerksam die Bäume am Saume des Weges prüfte.

Die Hand des Alchimisten zuckte sofort wieder gefahrbereit nach seinem Gürtel, wo indessen keine Waffe mehr stak. Allein Fiametta schüttelte lächelnd den Kopf und sagte mit dem einschmeichelndsten Ton ihrer Stimme: »Die Sterne stehen hoch. – Die eiserne Wolke verzieht – keine Gefahr mehr. – Du müde. – Kraft für morgen und übermorgen. – Komm ins Haus der Unsern. – Iss und trink und schlafe. – Ich wache.«

Mit zärtlicher Gebärde und mit dem überredenden Ausdruck ihrer sanften Tieraugen nahm sie dem müden Mann jeden Widerstand von den Lippen. Fiametta schaute zu dem Nachthimmel empor, und es schien, als suche sie ihren Weg zu finden nach dem Stande der wenigen Gestirne, die auf der schmalen Bahn zwischen den Tannenwipfeln zu sehen waren. Bald wandte sie sich mit sicherer Entschlossenheit rechts ab vom Weg, wandte sich dann rückwärts bergauf und zog den vor Müdigkeit stolpernden Sendivogius durch Gestrüpp und Ranken aufwärts bis zu einer dunklen und gehäuften Masse großer Steine, die von einem Felssturz herzurühren schienen und regellos umherlagen.

Etwa in der Mitte dieses Felsenmeeres, durch das sich hindurchzufinden ohne kundige Führung ganz unmöglich gewesen wäre, zählte Fiametta die Blöcke. Bei dem siebenten einer Reihe hielt sie an und amte den Ruf des Waldkauzes nach, der dort überall in dem Gestein nistet.

Sendivogius sah jetzt voll Erstaunen den größten der Blöcke, wie von unsichtbarer Hand bewegt, sich zur Seite schieben. Es öffnete sich die Erde, und ein matter Schein drang empor. Ein unterirdischer Raum, mäßig groß, von einer Fackel im Hintergrunde schwach erleuchtet, lag vor ihnen. »Tritt ein,« sagte die Zigeunerin. »Gute Freunde dort. – Meine Leute.«

Zwei dunkle Gestalten tauchten zwischen den Felsen empor, und unter ihren Händen schloss sich allmählich und geräuschlos wieder die Höhle. Sendivogius, betäubt von den Eindrücken des ereignisreichen Tages, ließ sich willenlos führen und fühlte jetzt erst, wie sehr er der Ruhe bedürftig war. Er ließ sich auf einem Laublager erschöpft nieder. Auf einen Wink Fiamettas trugen die beiden Männer Brot und Wein herbei und reichten es dem Flüchtling dar.

Den fragenden Blicken ihres Schützlings begegneten Fiamettas dunkle Augen mit treuer Ergebenheit, lächelnd, aber ernst. »Der Wein ist gut,« sagte sie, »das Brot ist frisch, morgen bessere Herberge – reicherer Tisch. – Heute Nacht muss dies genügen. – Schlafe! – Freunde wachen.«

»Hast du nicht jenem Strauchdieb geschworen, von mir und dem Überfall zu schweigen, auch gegen die Deinen?« fragte Sendivogius voll Bewunderung. Fiametta lächelte. »Wohl,« entgegnete sie, »aber nicht geschworen, dich unter den Schutz der Meinen zu stellen. – Wir forschen nicht – woher und wohin – wenn ich befehle – gehorchen die draußen. – Ich von Königsstamm. – Ich befehle. – Alle

Zigeuner dienen mir. – Ich Königin! – Ich habe diese dort geschickt – sie haben verstanden ohne Wort – wo Gefahr droht – sind die Meinen nahe. Jetzt beide hinaus – schweifen im Wald – wenn Verfolger nahen – führen sie irre.«

Fiametta war während ihrer Rede aufgesprungen, ihre Haltung war ins Großartige verändert, ihre Gebärden wahrhaft königlich befehlend, und mit äußerstem Erstaunen erriet Sendivogius Rang und Rolle seiner Retterin im Gang dieser Ereignisse. Er wollte weiterfragen, aber Fiametta neigte sich sanft zu ihm, legte zwei Finger auf den Mund und sagte: »Morgen.« Dann, nachdem sie, wie ihm zur Gesellschaft, etwas von den Speisen genommen hatte und sah, dass er zugriff und aß, verließ auch sie die Höhle, und bald darauf versank der müde Mann in einen tiefen und wohltätigen Schlummer.

In seinem Schlafgemach schritt Herzog Friedrich auf und nieder. Ungeduldig zog er von Zeit zu Zeit die Fenstervorhänge zurück und lauschte in die stille Nacht hinaus. Dann wieder beugte er sich auf die bestäubten Folianten, die aufgeschlagen auf dem runden Eichentisch inmitten des Zimmers lagen. Mitternacht war längst vorüber. Schon zum zweiten Male hatte er die Kerzen in den hohen Kandelabern mit eigener Hand erneuert, da vernahm sein waches Ohr plötzlich galoppierende Hufschläge. Bald darauf ertönten Schritte im Flur, der Herzog blickte gespannt zur Tür, der Kammerdiener öffnet weit, und in fliegendem, bestaubtem Mantel traf Müllenfels ein.

»Seid Ihr endlich da!« rief ihm Herzog Friedrich entgegen. Sein von häufigem Nachtwachen bleiches Gesicht und seine in den Dünsten der Schmelztiegel geröteten Augen machten einen seltsamen Kontrast zu dem vollen und gebräunten Antlitz seines Laboranten. »Sprechet rasch, was bringt Ihr?«

Müllenfels stand ehrerbietig bei der Tür, während der Herzog sich erschöpft in einen Sessel fallen ließ. Er strich sich die Stirn und schien sich zu besinnen, als müsse er weit ausholen. Dann sah er den Herzog fest an und sagte: »Euer Gnaden, es ist umsonst. Ich habe versucht, was möglich war. Eure Reiter kamen zu spät. Wir haben ihn im Schwarzwald verloren.«

Der Herzog wandte sein müdes Gesicht zu Müllenfels empor und sagte nur: »Meinetwegen, lasset da. Ich tat es um Euretwillen. Ihr meintet ja, es sei uns von Nutzen. Ein Schwindler mehr in der Welt, was tut das?« Der tiefe Seufzer, mit dem er seine Rede beschloss, schien der spöttischen Entsagung zu widersprechen, die seine Worte ausdrückten. Langsam näherte sich Müllenfels dem Tisch des Herrn, beobachtete scharf die Züge des Herzogs und setzte Wort hinter Wort mit solchem Bedacht, dass er bei jeder Wendung des Fürsten einhalten oder ausweichen konnte.

»Edler Herr,« sagte er, »es ist wohl in der Tat so, es wäre verlorene Mühe, um eines Bramarbas und Schalksnarren willen sich Ungelegenheiten zu machen. Überdies sehet, gnädiger Herr, ich opferte lieber meine Zeit und meine Kräfte in der Vollendung jener Studien, von denen ich Euch seit langem sprach, als in nutzlosen Ritten hinter einem landfahrenden Marktschreier her. Ich habe Euch, wie Eure herzogliche Gnaden stets hochherzig anerkannt, über die Zeit des Forschens und Prüfens mit manchem nützlichen Ratschlag gedient und Eure hochfürstliche Schatulle bereichert mit den bescheidenen Erträgen meiner chemischen Wissenschaft. Ich habe inzwischen nicht unterlassen, dem großen Ziele mit allem Fleiß nachzustreben, das Euch vor Augen schwebt. Ihr wisset, die Erlangung jener wunderbaren, alle Kräfte der Natur in sich vereinigenden Essenz, von welcher die Meister der Kunst sprechen, schien mir immer gewiss. Ich habe die Tage und Wochen, in denen der großsprecherische Pole Euch mit läppischen Kunststücken unterhielt, fleißig benutzt, und ich glaube, es ist mir gelungen, die letzten Tore des Geheimnisses aufzusprengen. Die königliche Tinktur, die *quinta essentia*, von der wenige Tropfen hinreichen, jedes gemeine Metall in Silber und Gold zu verwandeln, aber auch Menschen von langjährigem Siechtum zu befreien, die Schwäche des Alters zu heilen, langes Leben –«

»Ich bitt Euch sehr,« brauste der Herzog auf, »erspart mir das. Ich will diese Tiraden nicht mehr hören! Ihr scheinet mir in die blöde Geschwätzigkeit Eures ehemaligen Standes zurückzusinken, Herr Barbier! Zwei Nächte waret Ihr abwesend, um den Inhalt des wunderbaren Destillierkolbens zu prüfen, den Ihr zubereitet hattet. Drei Tage obendrein gab ich Euch Zeit, meinen Reitern den richtigen Weg zu weisen. Seid Ihr in dem einen so glücklich wie in dem andern geblieben? Saget in Gottes Namen, was ihr in Euren Retorten gefunden habt und ob das Werk geglückt ist.«

»Mein gnädigster Herr,« antwortete nun Müllenfels erhobenen Hauptes, »es ist geglückt.«

Feierlich zog der Alchimist eine breite Phiole von ungewöhnlicher Gestalt, die in einer silbernen Kapsel lag, hervor und schüttete daraus eine graue, körnige Substanz auf die flache Hand, die er dem Herzog vorwies: »Sehet mich bereit, Herr Herzog, die Probe hiermit zu machen, wann und wo Ihr es befehlet.«

Der Herzog sprang mit einem Ruck von seinem Sessel auf, dass der Stuhl polternd zur Erde fiel. »Müllenfels, ich rate Euch, täuscht mich nicht. Versuchet nicht, wessen Ihr nicht gewiss seid. Meine Laune ist am Ende, und der Zorn, dem jener Pole entging, würde Euch zerschmettern! Nochmals: sehet Euch vor.«

Statt aller Antwort näherte der Edle von Müllenfels sich der Tür des Schlafgemaches, öffnete sie und rief dem Kammerdiener zu: »Evarist, Seine Herzogliche Durchlaucht befehlen, dass Ihr sogleich das Kohlenfeuer anzündet und die Schmelztiegel bereithaltet in der gewohnten Weise.« Darauf wandte er sich zum Fürsten zurück und fügte mit tiefer Verneigung hinzu: »Darf ich herzogliche Gnaden bitten, selbst das Metall zu wählen, welches Sie verwandt zu sehen begehren.«

Der Herzog, noch immer ungläubig, folgte dem Alchimisten in die Küche hinüber, wo Evarist schon eifrig beschäftigt war. Dann wurde ein mäßig großer Tiegel zur Hälfte mit zerstücktem Blei gefüllt, das Herzog Friedrich selbst unter den dort aufgeschichteten Blöcken gewählt hatte, und nun stieg die Stille der Erwartung von Minute zu Minute, bis das Metall langsam in sich zu schmelzen begann und sich mit einer feinen Haut überzog. Jetzt öffnete Müllenfels seine Phiole, schüttete daraus ein winziges Quantum auf Wachs, knetete dieses und warf es auf die quellende Masse, streckte die Hand nach dem Stäbchen aus, das der Herzog selbst ihm darreichte, um die Mischung umzurühren. Jedoch bedurfte er dessen nicht. Von selbst überzog die ganze kochende Bleimasse ein tiefrot glänzendes Metall, das in wechselndem Farbenspiel erglänzte.

»Werft den Tiegel ins Wasser!« rief der Herzog. »Lasset es schnell erkalten. Ich warte nicht länger!«

Kaum wusste sich Herzog Friedrich vor Aufregung zu fassen, bis das abgekühlte Magma gelb und goldig ihm entgegenleuchtete. Mit zitternden Händen griff er hinein und eilte selbst, die Probe zu machen: Es war Gold, reines, bestes Gold – da war kein Zweifel mehr, wer auch immer dieses Pulver bereitet haben mochte.

Herzog Friedrich stand noch immer über dem Probierstein geneigt, mit gehaltenem Atem, mit klopfenden Pulsen und weitgeöffneten, fiebrig glänzenden Augen, als schaue er in das geheimnisvolle Reich im innersten Schoß der Erde, wo Gold- und Silberstufen aus den glühenden Essen der Unterwelt emporsteigen und blinkende Edelsteine in farbigem Feuer aufleuchten.

»Es ist wahr,« sagte er endlich stammelnd zu sich selbst, »es ist gewiss und wahr. Es öffnet sich mir die Pforte zu den verborgenen Schätzen der Erde, und mein ist der Zauber, mein ist die Kraft und mein ist –« Er schaute, wie aus einem Traum erwachend, jäh auf, sah Müllenfels an und flüsterte wie trunken: »Die Formel! Wie ist die Formel?«

Müllenfels trat mit sichtlichem Befremden einen Schritt zurück, und ein ungewisses Zucken überlief sein Gesicht. Herzog Friedrich sah das wohl und nahm die Bewegung seines Hofalchimisten mit raschem Lächeln hin. Seine lebhaften Züge verfinsterten sich und hellten sich wieder auf, und plötzlich streckte er dem Alchimisten mit herzlicher Bewegung die Hand entgegen, die dieser ehrfurchtsvoll an seine Lippen, drückte und sprach mit liebenswürdiger Huld: »Die Formel ist Euer, ich weiß es. Das Gold Eures Wissens und Eures Könnens hat sich bewährt wie keines je zuvor, und es war recht von mir, dass ich Euch vertraute. Da Ihr das Geheimnis nicht besaßet, behauptet Ihr auch nicht, es zu haben. Bescheiden wartet Ihr, verspracht bescheidenen Nutzen und gabet bescheidenen Nutzen. Zum erstenmal, da Ihr sagtet, hier ist das wunderbare Elixier, truget Ihr in Händen das Elixier, und Eure Arbeit hat ehrlich den Prozess vollendet. Ihr könnt mit stolzer Verachtung des prahlerischen Polen gedenken, dem ich nun gerne die Sprünge und Späße seines Lebens gönne.«

Müllenfels konnte ein jähes Erbleichen nicht verbergen. Aber der Herzog bemerkte es nicht, sondern fuhr mit gesteigerter Laune fort: »Was jener Sendivogius zu schaffen verhieß und nicht zu leisten imstande war anders, als mit irgendwo gestohlenen Proben der Tinktur, das habet Ihr vollbracht, und wie ich sehe, ist gleich die erste Frucht Eures Werkes bei weitem mehr, als jener Großsprecher je in seinem Leben gesehen hat. Da schon das erste Werk Euch so trefflich gelang, wie herrlich wird der Erfolg Eurer künftigen Arbeit sein! Ihr sollt die besten Gemächer in meinem Schlosse haben, und Ruhm und Ehre, soviel ich davon auf Eure Schultern legen kann, werden Euch zuteil werden. Mein Fürstenwort, dass ich Euch schützen werde gegen jede Unbill und jeden Zugriff aller Mächtigen auf Erden, solange ich lebe! Mit allen Kräften meines Landes bin ich Euch zu Diensten. Doch jetzt lasst uns zur Ruhe gehen, die Freude dieses Tages nach so vielen Widerwärtigkeiten ermüdet nicht minder wie jene.«

Ein unheimlicher Klang durchzitterte das Gemach, als der Herzog diese Worte sprach. In äußerster Betretenheit stammelte der so gnädig Entlassene unzusammenhängende Worte des Dankes, und der helle Schweiß perlte auf seiner Stirn, als er sich vornüberbeugte und nochmals beide entgegengestreckte Hände seines Herrn küsste. Noch einmal ertönte der singende Klang und hallte am Gewölbe hin.

»Was war das?« schreckte der Herzog auf und schaute suchend umher.

Müllenfels, im Ansturm schrecklichster Gedanken bis zur halben Bewusstlosigkeit verwirrt, taumelte mit entstellten Zügen auf, und ein blitzartiger Einfall ließ ihn ausrufen: »Gnädiger Herr, ich glaube – ein Glas zersprang. War es meine Phiole? Gestattet, dass ich meine Phiole wieder an mich nehme, es möchte sein, die Dünste der Küche möchten der feinen Essenz tödlich sein.«

Aber mit raschem Griff kam ihm der Herzog zuvor, nahm die Phiole des Adepten vom Herd und machte keine Anstalten, sie dem Eigentümer auszuliefern. Er besah sie vielmehr und sagte: »Beruhigt Euch, Müllenfels, die Phiole ist unverletzt, der Ton von gesprungenem Glas war vielleicht nur eine Täuschung. Ich werde die

Phiole gut bewahren. Gute Nacht denn, oder bald besser: Guten Morgen!«

Damit ging der Herzog, in festgeschlossener Hand das Gefäß haltend, das die kostbare Beute der vorigen Nacht barg, voran und zur Tür hinaus, verschwand in seinem Schlafgemach und

schob den Riegel vor. Der Hofalchimist aber lehnte beinahe ohnmächtig am Türpfosten der Küche, und seine Hände sanken beide schlaff am Körper nieder. Schauer auf Schauer bösester Ahnungen durchliefen den Leib des jämmerlichen Betrügers, und der Kammerdiener Evarist betrachtete mit heimlichem Kopfschütteln das Gebaren des doch soeben noch mit ehrenden Worten überschütteten Menschen.

Der Verhüllte im dunkelgrünen Mantel, der Edle Herr von Müllenfels, kehrte nicht zu jener Stelle zurück, wo er seine Leute zur Bewachung des Turmes zurückgelassen hatte. Wie wäre es ihm auch jetzt möglich gewesen, das Schloss zu Stuttgart zu meiden. Gleich dem unbarmherzigen Goldlicht der Sonne, blendend und erdrückend zu gleicher Zeit, sammelten sich die Lichtstrahlen fürstlicher Huld auf seinem Haupt, und immer deutlicher ward jetzt auch ihm, dass er in goldüberladenem Käfig ein Gefangener des Herzogs war. In Gegenwart des Herrn wusste er die bangen Sorgen zurückzudrängen und mit der Miene der Unbefangenheit und der neuerworbenen Adeptenwürde sich zu betragen. Und wenn er hinaustrat unter die Schar der Höflinge, die er nun als der erste Günstling des Herzogs bei weitem überragte, so lag in seiner Haltung und in seinem Betragen der freche Stolz des niedrig Geborenen. Müllenfels war entschlossen, die vielleicht nur kurze Spanne seines Glückes auf dem höchsten Gipfel des Erfolges wenigstens mit derbem Genuss auszukosten.

Bald aber wieder saß er in den Laboratorien seines fürstlichen Herrn und schaute mit tiefen Seufzern auf die angehäuften Massen unedlen Metalls, die der unersättliche Herzog noch verwandelt zu sehen wünschte, ohne dass die verfluchte Arbeit ihm selbst auch nur das geringste einzubringen verhieß. Denn so vorsichtig er auch im Verbrauch des köstlichen Schatzes vorging, sosehr er auch Stellung der Gestirne, Mondphasen und Planetenkonstellationen vorschützte, um das Werk zu verzögern, es stand ihm doch der Tag schon unerbittlich klar vor Augen, an dem der Inhalt der Phiole sich erschöpft haben musste. Was für ein dreifach mit Blindheit geschlagener Dummkopf war er doch gewesen, den für die Zeit seines Lebens Glück und Reichtum versprechenden Schatz nicht sich bewahrt und mit der Phiole die Grenzen Württembergs hinter sich gelassen zu haben! Dumme Eitelkeit, blinder Ehrgeiz, hoffnungsloses Rachebedürfnis hatten ihn wie böse Dämonen in die Höhle des Löwen nach Stuttgart zurückgeführt. Schal und unsinnig erschienen ihm mit einemmal die Ehrenbezeigungen und Bücklinge der Bedienten und des Hofgeschmeißes. Je weniger er eine Aussicht sah, sich den goldenen Fesseln zu entwinden, in desto verlockenderen Farben erschien ihm nun das Leben des stillen Privatmannes, der von den Erträgnissen eines so unscheinbaren Pulvers bequem seine Tage hätte verbringen können. Nun floss von all der Golderzeugung weitaus das meiste in die unersättlichen Kassen des Herzogs. Ihm aber blieb nichts als die Ehre und der lächerliche Ruhm, die wunderbare Tinktur bereitet zu haben, von der er doch nicht ein Stäubchen zu erzeugen vermochte. Aussichtslos schien es ihm, die kurze Frist, die er vor sich sah, darauf zu wenden, in eigener Arbeit den unerforschlichen Weg der Elixierbereitung zu suchen. Saß Müllenfels in solchen Gedanken allein, so sank seine breite und kräftige Gestalt zusammen wie die eines müden Greises.

In einem solchen Augenblick resignierten Hirnbrütens war es, dass plötzlich die Tür zum Laboratorium aufflog und der fürstliche Herr in voller Rüstung, das Schwert an der Seite und Marschallstab in Händen, gefolgt von der klirrenden Schar seiner Leibwache, eintrat. Der Herzog trat dicht vor den schwankend sich erhebenden Alchimisten und winkte mit der behandschuhten Hand. Aus dem anstoßenden Flur trat Meister Hans herein, langsamen Schrittes und im roten Mantel. Ein zweiter Wink des Fürsten bewirkte, dass die Türe des Laboratoriums sich schloss.

Herzog Friedrich öffnete wortlos einen Brief, den er aus seinem Koller zog, und seine Blicke verkündeten dem Hofalchimisten den Hereinbruch des Unheils.

»Da, lies Er,« sagte der Herzog kurz und warf seinem getreuen Adepten die Schrift fast ins Gesicht. Dann verschränkte er die Arme und wartete. Niemand im Raume wagte sich zu rühren. Man vernahm nur das Rauschen des Papiers in den bebenden Händen des plötzlich Angeklagten. Eine tiefe Blässe überzog sein Gesicht.

Dies war ein Handschreiben des Michael Sendivogius aus Straßburg an den Herzog Friedrich von Württemberg.

In langen und ausführlichen Darlegungen enthüllte die Beschwerdeschrift klar die Fäden jenes abscheulichen Anschlags, dessen Müllenfels sich schuldig gemacht hatte, und forderte Gerechtigkeit, Gerechtigkeit sowohl für des Herzogs Ehre als auch für die schmähliche Beraubung, die an ihm selbst vollzogen war.

»Nun, wird's bald? Was habt Ihr hierzu zu sagen?« unterbrach endlich der erzürnte Fürst die peinliche Stille. »Denket ja nicht, Euch mit Kreuz- und Quersprüngen aus dem Bau zu verziehen, Herr Fuchs! Mir scheint, Eure erbärmlichen Mienen zeugen wider Euch! Nicht ein Adept seid Ihr, nicht einmal ein Suchender. Ein verächtlicher Dieb, ein Straßenräuber seid Ihr! Ihr entweiht mit Eurer Gegenwart den Boden, auf dem Ihr steht. Wo ist das Eigentum jenes polnischen Edelmannes, meines verleumdeten Gastfreundes? Gebt mir sofort heraus, was von dieser Stunde ab Eure Hände nie mehr berühren soll. Gebt es sofort heraus!«

Vernichtet sank der unglückselige Ignaz Müller vor die Füße seines Gebieters. Allein Herzog Friedrich stieß ihn mit dem Fuße wild zurück. »Den Wissenden, den Eingeweihten, den Meister der königlichen Kunst habt Ihr verräterisch hinweggelockt! Euer dummer Neid, Eure ruchlose Verworfenheit hat all die glänzenden Erfolge und Aussichten vereitelt, deren Ruhm mein Haus verherrlicht hätte! Aber ich werde eine Strafe finden, verlasst Euch darauf, die solchem bübischen Tun gebührt. Zum letzten Male, wo ist der Schatz?«

Müllenfells erschöpfte sich vergebens in winselnden Versicherungen, dass alles, was von der köstlichen Tinktur in seine Hände gefallen war, im Besitze des Herzogs sei, dass die Phiole, die er am Abend der ersten Probe dem Herzog ausgeliefert habe, eben jene Phiole sei, die er mit Gewalt dem polnischen Adepten entrissen habe.

»Ihr wollt mich glauben machen,« spottete der Herzog, »dass das alles sei? Schämt Euch, ich bin besser unterrichtet.« Der Herzog wandte sich. »Meister Hans,« sagte er zum Scharfrichter, »verlasst uns jetzt. Ich werde dich rufen lassen, wenn ich deiner bedarf. Und auch ihr übrigen: geht!«

Mit dem Henker verließ die Leibwache das Laboratorium, und der Fürst blieb allein mit dem armen Sünder. Was dieser ihm bekannt hat und ob er ihm in Wahrheit den ganzen Schatz auslieferte oder nicht, hat niemand je erfahren. Aber in einer der nächsten Nächte, als der halbe Mond die Gegend beleuchtete, blickte er auf den Edlen von Müllenfels herab, der im flittergoldenen Kleide leise, wie eine Puppe sich im Nachtwind unterm Alchimistengalgen hin und wider drehte.

Sendivogius hatte jene Nacht in der Zigeunerhöhle in erquickendem Schlummer verbracht. Am frühen Morgen weckte ihn Fiametta und führte ihn sicheren Schrittes über ungebahnte Waldstrecken zur Ebene hinab, wo in der Ferne das Band des Rheines immer häufiger von Bergvorsprung zu Bergvorsprung zwischen den Tannen aufleuchtete. Nach halbtägiger Wanderung war das Rheintal erreicht. Auf dem letzten Vorberge, der mit bequemer Straße ins Breisgau hinausführte, blieben die beiden stehen. Es war ein klarer Sommertag, und die Fernsicht war offen bis zur blauen Kette der Vogesen. Ganz fern im grauen Dunste der Ebene ragte die zierliche Spitze des Münsters wie eine Nadel auf, in dessen Schutze Sendivogius sich sicher wusste. Der Weg von den letzten Abhängen des Schwarzwaldes quer durch die Rheinebene hinüber nach Straßburg war wohl nicht gefahrlos für einen, den der Haftbefehl des Herzogs von Württemberg verfolgte. Denn obwohl sein Gebiet seit langem verlassen war, bestand doch zwischen Württemberg und den vorderösterreichischen Landen des Breisgaus ein gegenseitiges Abkommen auf Auslieferung von Staatsverbrechern und nicht zuletzt von landfahrenden Alchimisten. Indessen schien der gewonnene Vorsprung groß genug, und vor allem lagen in der offenen Ebene die Wege klar gezeichnet, so dass es einem einzelnen immer noch leichter möglich war, von Ort zu Ort seine verschwiegene Straße zu nehmen, als einem immerhin höfisch gekleideten Herrn in der Begleitung einer Zigeunerdirne.

Fiametta schien dies wohl erwogen zu haben. Als sie daher ihren Gast soweit geleitet hatte, blieb sie stehen, und ihr verdunkelter Blick verkündigte Abschied.

»Dort ist die Grenze für mein Volk und mich,« sagte sie. »Du gehst allein – du findest den Weg – du siehst die Stadt – dort deine Freunde. Der ‚Rote Löwe' hat dich gebissen – er ist fort. Der ‚Grüne Drache' hat dich gestochen – er sucht dich umsonst. – Du stürmst hinauf zur Burg des Löwen mit dem geflügelten Wort – der Bote trägt den Brief – sein Ross fliegt mit dem Wind – der Pfeil trifft. – Schwarze Reiter ziehen – der Grünmantel geht in der Mitte – schreiender Rabenflug über ihm – das Kleinod ist nicht bei ihm. – Den ‚Roten Löwen' fesselt das Hirschgeweih. – Du wirst ihn nicht mehr erlösen. – Wage nicht dein Leben – du wirst bleiben unter den Suchenden.«

Wieder steigerten sich die Worte der jungen Zigeunerin ins Prophetische, das fühlte Sendivogius wohl. Er griff mit beiden Händen nach dem Arm des Mädchens und schaute sie mit innigem Blick an.

»Willst du mir nicht folgen, Fiametta? Im nächsten Städtchen kleiden wir uns neu. Genug ist mir geblieben, um dich meinen Freunden in Straßburg ehrenvoll zuzuführen. Ich möchte dir dienen, wie du mir gedient hast, und dein Leben schöner machen, als es die Wälder vermögen. Dort drüben wartet deiner vielleicht Rache und Verhaftung.«

»Die Kinder Ägyptens verraten nicht ihr eigenes Blut,« unterbrach Fiametta den Polen mit stolzer Heftigkeit. »Die Kinder Ägyptens ehren ihre Fürstin. An ihrem Feuer ist mein Platz. – In ihrer Höhle meine Heimat. – Dem Christen, dem ich folge, bringt mein Wissen nur Verderben.« Ihre Worte klangen hart, aber ihre sanften Augen, die sich mit Tränen füllten, und ihr zuckender Mund straften sie Lügen.

Nochmals wandte sich Sendivogius mit einer zärtlichen Aufwallung des Gefühls dem Mädchen zu. »Wenn du auf den Arm der Deinigen so fest vertraust, weshalb riefest du sie nicht herbei, als der Frevler mich binden ließ und mir mein Eigentum entriss? Mein Eigentum hätte genügt, um dich und mich auf Lebenszeit zu schützen.«

»Der Wald ist unsere Heimat«, sagte Fiametta kopfschüttelnd. »Jener Böse würde uns den Schutzbrief des Herzogs genommen haben. Man treibt uns von Land zu Land, wo man uns verleumdet. Leisten wir Widerstand, so kommen Soldaten. Die Zigeuner sind euren Fürsten weniger als Hunde, die in den Ställen schlafen.«

»Wann also sehe ich dich wieder?« fragte Sendivogius dringend, der in ihren Augen las, dass trotz ihrer Zuneigung und ihres Trennungsschmerzes keine Überredung ihre Entschlüsse wankend machen konnte.

Mit einem warm-goldenen Blick umfasste das schöne braune Mädchen noch einmal die ganze Gestalt des schlanken Edelmannes, und leise, aber bestimmt sagte sie:

»Wenn die Zeit sich erfüllt. – Wenn du einsam bist. – Wenn du Änderung fühlst. – Wenn die ‚Weiße Taue' vorübergeflogen ist! – Lebe wohl!«

Ihre Stimme drohte zu brechen. In jäher Bewegung beugte sie sich nochmals vor Sendivogius, fasste den Saum seines Rockes und drückte einen heftigen Kuss darauf. Dann wandte sie sich mit Geschwindigkeit und eilte in flüchtigem Lauf in den Bergwald zurück. Noch einmal blieb sie in einiger Entfernung stehen, wandte sich und rief:

»Die Sonne webe über dir und wandle deinen Sinn! Der Mond verletze dich nicht mit kaltem Schein – und raub dir nimmer den Frieden! – Leb wohl!«

Und ehe er etwas zu erwidern vermochte, ehe ein Entschluss ihn drängte, sie zurückzuhalten, war sie zwischen den Tannenstämmen verschwunden.

»Fiametta!« rief er noch einmal – aber nur das Echo trug den Namen gebrochen zu ihm zurück. Sendivogius wandte sich und schlug mit kräftigen Schritten den Weg talab ein. Ihm schien es, als ob ihn die untrügliche Prophezeiung der jungen Zigeunerin mit Zuversicht erfülle und ihm seinen Weg erleichtere. Auch konnte er am heutigen Tage jenen brennenden Schmerz nicht mehr mit derselben Lebhaftigkeit empfinden wie noch am gestrigen Abend, wenn er an den Verlust all seiner Lebenshoffnungen und Zukunftsträume zurückdachte.

Sendivogius erreichte Straßburg unbehelligt am Abend des dritten Tages. Er hatte dort in der Tat einflussreiche und wohlhabende Freunde, die ihm Aufnahme gewährten und ihm erlaubten, sich von den Mühen und Anstrengungen der verflossenen Wochen gründlich zu erholen. Nach wenigen Tagen reifte in ihm der Entschluss, sich unter Beratung eines Straßburger Rechtsgelehrten beschwerdeführend an den Herzog Friedrich von Württemberg zu wenden, insbesondere diesem die rechtswidrige Verfolgung und den empörenden Straßenraub vorzuhalten und angemessene Genugtuung zu fordern. Der Brief war sehr wohl erwogen, in vorsichtigen Wendungen abgefasst und ließ dem Herzog die Freiheit, sich auf eine ehrenvolle Art aus der hässlichen Affäre zu ziehen. Die Drohung, im Weigerungsfalle die Angelegenheit dem Kaiser zu Wien in geeigneter Weise vorzutragen, allwo Sendivogius noch immer in bestem Andenken stand, war klug und glimpflich eingefügt, und es war auf diese Art die letzte Möglichkeit einer Hoffnung für Michael Sendivogius gegeben, noch einmal in den Besitz der ihm geraubten Phiole zu gelangen.

Nach wenigen Wochen kam ihm zunächst die Kunde zu von der erfolgten Exekution an den räuberischen Hofalchimisten Müllenfels. Wieder einige Wochen danach erhielt er an seine Adresse in Straßburg ein herzogliches Schreiben. Als er dieses zerbrach, fiel sein erster Blick auf den Kopf des Briefbogens, in dessen Büttengrund eine fliegende Taube mit dem Ölzweig im Schnabel eingeprägt war.

Mochte dies Zeichen nun ein Symbol sein, dessen sich Herzog Friedrich auch sonst bediente, oder mochte das Bild der Taube von ihm diesmal erwählt worden sein, um seine gnädige Gesinnung und Absicht gegen Sendivogius zum Ausdruck zu bringen, genug, der Brief erging sich in den schmeichelhaftesten Ausdrücken für den gewesenen Gast am Stuttgarter Hofe; der Herzog beklagte darinnen aufs tiefste das Ungemach und das grausame Unrecht, das ihm durch Schuld des verbrecherischen Müllenfels zugestoßen war, und berichtete das Ergebnis der raschen Justiz, das zu des Sendivogius' Genugtuung an dem Übeltäter vollzogen worden sei.

Der Herzog unterließ nicht, ferner mit sanftem Vorwurf anzumerken, dass der polnische Edelmann nicht völlig ohne eigene

Schuld sich den erlittenen Widerwärtigkeiten ausgesetzt habe, denn kein Anlass habe bestanden, das Stuttgarter Schloss und die herzlich gern gewährte Gastfreundschaft bei Nacht und Nebel zu verlassen. Indessen sei es dem Herzog ein Vergnügen, dem Eigentümer der köstlichen Tinktur diese wieder zurückzustellen, und er erwarte dringlichst, dass Sendivogius, unter Hintansetzung seines gerechten Grolles, nach Stuttgart zurückkehren werde, um sein Eigentum in Empfang zu nehmen. Es werde alsdann allein von ihm abhängen, ob er mit dem Herzog fürderhin zusammenbleiben und in erneuter Freundschaft den Genuss der chymischen Kunst mit ihm teilen wolle.

Sendivogius überlas den Brief unzählige Male. Bald schien es ihm, als sei die Gelegenheit handgreiflich nahegerückt, sein Eigentum auf die bequemste und natürlichste Weise von der Welt wieder in Empfang zu nehmen. Bald schien ihm die Reise nach Stuttgart selbstverständlich und die harmloseste Sache von der Welt. Bald wieder stiegen ihm aus den steilen Schriftzügen des Herzogs jene unauslöschlichen Nachtvisionen empor, und er sah den Baciliskenblick der Spinne, die ihr Opfer herbeizog und es wohl nicht zum zweiten Male aus dem Netze lassen würde. So schwankte er mit Entschluss und neuen Bedenken tagelang. Plötzlich aber befiel ihn in eine schlaflose Nacht das Gesicht jenes Nachmittags am Lagerfeuer der Zigeuner, und mit deutlicher Klarheit vernahm er wieder die Stimme Fiamettas, wie sie ihm zurief: »Hüte dich vor dem ‚Roten Löwen‘ – vor dem ‚Grünen Drachen‘ – und vor der ‚Weißen Taube‘.«

Er sprang vom Bett auf und griff nach dem Briefbogen des Herzogs, der stets in seiner Nähe war. Die ‚Weiße Taube‘ schwebte deutlich über den honigsüßen Worten des Fürsten. Da war kein Zweifel mehr an dem Sinne der Prophezeiung, und ganz unmöglich konnte Fiametta ahnen, dass der Herzog seine Briefe mit der Friedenstaube des Noah siegeln werde.

In dieser Stunde war der Entschluss des Sendivogius gefasst; und in dieser selben Stunde fiel von ihm ab, was an Ehr- und Ruhmgier, an leichtem Sinn und Vergnügungslust noch in ihm war. Nach wenigen Monaten verließ er Straßburg, ohne seine Freunde über das Ziel seiner neuen Reise zu unterrichten. Ihre Meinung, er habe seinen Weg zurück nach Stuttgart genommen, bestätigte sich nicht. Ein zweiter Brief des Herzogs, der die Wiedererlangung des Elixiers dem vermeintlichen Adepten auf die verlockendste Weise in Aussicht stellte, erreichte den Adressaten nicht mehr.

Spärliche zeitgenössische Berichte erzählen davon, dass die Gestalt des Michael Sendivogius aus Krakau in den Jahren zwischen 1606 und 1610 an verschiedenen Orten da und dort nochmals aufgetaucht sei – niemals und nirgends mit dem Anspruch der Adeptschaft, sondern immer nur in der bescheidenen Absicht, gewisse eigentümliche Wahlverwandtschafen der Elemente zu demonstrieren und durch Vorführungen eigenartiger Metallfärbungen vor den Taschenspielerkunststücken der falschen Goldmacher zu warnen. Es mag sein, dass drückender Geldmangel den ernst und streng blickenden polnischen Edelmann dazu trieb, mit solchen Experimenten vor kleinen und großen Herren sich ein bescheidenes Gelegenheitseinkommen zu beschaffen. Endlich hörten auch diese Besuche des Alchimisten an den Höfen der kleinen Fürsten auf. Sein Name findet sich immer seltener genannt und verschwindet im Jahre 1616 völlig aus den erhaltenen Urkunden.

Ein einziger Bericht meldet, Sendivogius habe bei einem letzten Besuch auf der Burg eines oberrheinischen Freiherrn eine hochgewachsene und stolze Zigeunerin auf seinem Zimmer empfangen und sei mit dieser nächsten Tages in der Richtung gegen den Schwarzwald fortgezogen.

Auf der Höhe des Gebirges unweit Villingen standen die verfallenen Gebäude des verlassenen Meierhofes. Sendivogius erwarb diese Baulichkeiten um ein Geringes und zog dort ein, wie die Sage meldet, begleitet von einem Weib mit blauschwarzen Haaren und dunkelflammenden Augen, die ihm auf Schritt und Tritt folgte wie ein treuer Hund. Dort droben auf den Höhen des Schwarzwaldes in vollkommener Weltabgeschiedenheit ergab sich Sendivogius hinfort dem unablässigen Studium der hermetischen Wissenschaft. Kaum jemals suchte er einen Menschen auf oder betrat ein Wanderer seine Hütte. Es ist auch bezeichnend, dass die Sage von ihm nicht meldet, dass er die *goldmachende Tinktur* habe finden wollen. Sie meldet vielmehr, das Ziel seiner Arbeit und seiner Sehnsucht sei *der Stein der Weisen* gewesen, der dem, der ihn besitzt, den Frieden der Seele in diesem Leben und die Seligkeit der Engel in der anderen Welt verbürgt.

Über tredition

Eigenes Buch veröffentlichen

tredition wurde 2006 in Hamburg gegründet und hat seither mehrere tausend Buchtitel veröffentlicht. Autoren veröffentlichen in wenigen leichten Schritten gedruckte Bücher, e-Books und audio-Books. tredition hat das Ziel, die beste und fairste Veröffentlichungsmöglichkeit für Autoren zu bieten.

tredition wurde mit der Erkenntnis gegründet, dass nur etwa jedes 200. bei Verlagen eingereichte Manuskript veröffentlicht wird. Dabei hat jedes Buch seinen Markt, also seine Leser. tredition sorgt dafür, dass für jedes Buch die Leserschaft auch erreicht wird.

Im einzigartigen Literatur-Netzwerk von tredition bieten zahlreiche Literatur-Partner (das sind Lektoren, Übersetzer, Hörbuchsprecher und Illustratoren) ihre Dienstleistung an, um Manuskripte zu verbessern oder die Vielfalt zu erhöhen. Autoren vereinbaren direkt mit den Literatur-Partnern die Konditionen ihrer Zusammenarbeit und partizipieren gemeinsam am Erfolg des Buches.

Das gesamte Verlagsprogramm von tredition ist bei allen stationären Buchhandlungen und Online-Buchhändlern wie z. B. Amazon erhältlich. e-Books stehen bei den führenden Online-Portalen (z. B. iBookstore von Apple oder Kindle von Amazon) zum Verkauf.

Einfach leicht ein Buch veröffentlichen: **www.tredition.de**

Eigene Buchreihe oder eigenen Verlag gründen

Seit 2009 bietet tredition sein Verlagskonzept auch als sogenanntes "White-Label" an. Das bedeutet, dass andere Unternehmen, Institutionen und Personen risikofrei und unkompliziert selbst zum Herausgeber von Büchern und Buchreihen unter eigener Marke werden können. tredition übernimmt dabei das komplette Herstellungs- und Distributionsrisiko.

Zahlreiche Zeitschriften-, Zeitungs- und Buchverlage, Universitäten, Forschungseinrichtungen u.v.m. nutzen diese Dienstleistung von tredition, um unter eigener Marke ohne Risiko Bücher zu verlegen.

Alle Informationen im Internet: **www.tredition.de/fuer-verlage**

tredition wurde mit mehreren Innovationspreisen ausgezeichnet, u. a. mit dem Webfuture Award und dem Innovationspreis der Buch Digitale.

tredition ist Mitglied im Börsenverein des Deutschen Buchhandels.

Dieses Werk elektronisch lesen

Dieses Werk ist Teil der Gutenberg-DE Edition DVD. Diese enthält das komplette Archiv des Projekt Gutenberg-DE. Die DVD ist im Internet erhältlich auf **http://gutenbergshop.abc.de**

FSC
www.fsc.org
MIX
Papier | Fördert
gute Waldnutzung
FSC® C083411

Zeitfracht Medien GmbH
Ferdinand-Jühlke-Straße 7
99095 Erfurt, Deutschland
produktsicherheit@kolibri360.de